Цветната дъга на Bholu

Translated to Bulgarian from the English
version of Bholu's Colourful Rainbow

Geeta Rastogi 'Geetanjali'

Ukiyoto Publishing

Всеотдайност

Тази книга е посветена на

Господ ГАНЕША като Бог на

посвещение

и

Маа САРАСВАТИ, богинята на образованието.

Предговор

Всички сме създадени в работилницата на природата, точно както сме. Как и къде се формират нашите личности? Честно казано, това е завършен процес. Този процес започва в Божията работилница. В този процес важна роля играят нашите родители, учители и образование. Нашата перспектива също се формира от всички тези елементи. При мен също е така. Моята личност и гледна точка са повлияни по един или друг начин от моите родители, моите учители, моите приятели и книгите, които съм чел с голям интерес. Невъзможно е да опиша в детайли целия процес на развитие на личността, използвайки друг метод. В този контекст бих искал да споделя с вас една история, която прочетох в книга, може би в списание, наречено „Akhanda Jyoti“. Тази история ме впечатли дълбоко, затова я споделям с вас. Имало едно време в един град живял богат търговец. Той притежаваше огромно богатство. Един ден той се почувствал божествено вдъхновен да построи храм в града. Затова той се заел да търси компетентен скулптор. Казват: „Когато искаш, можеш“. След известно усилие той намери компетентен скулптор. Сега скулпторът е отговорен за създаването на великолепен идол на Бог, който ще бъде инсталиран в храма. За тази задача скулпторът се нуждаел от специален камък. Докато тръгва да търси такъв, той попада на голям камък. Той попита камъка дали би се съгласил да бъде издялан и изсечен във формата на Бог. Камъкът се уплашил и казал: „Защо трябва да се подлагам на толкова много изпитания без видима печалба? Какво ще получа, като стана Божи идол? Щастлив съм, че съм тук такъв, какъвто съм. Потърсете друг камък. Скулпторът започна да търси друг камък. След известно време скулпторът намира друг камък. Той зададе същия въпрос и този камък с готовност се съгласи да бъде издълбан във формата на Бог. Камъкът се зарадва, че може да служи като идол на Бог. Скулпторът обаче напомни на камъка, че трябва да премине през болезнен и строг процес. Камъкът се придържа към решението си и се съгласи. Скулпторът донася камъка в работилницата си и започва нелеката задача да издълбае и издълбае идола. Там работеше с най-голяма отдаденост. Само след няколко дни Божият идол бил готов. След това търговецът трябвало да организира освещаването на идола в храма, а свещеник бил повикан да извърши ритуалите. Сега търговецът трябваше да постави Божия идол в храма. За това е извикан свещеник и е определена дата. Докато монтира Божия идол в храма, свещеникът изведнъж се сеща, че е необходим още един камък. Той съобщил на търговеца, който веднага изпратил слуга да донесе камъка. Слугата намира същия камък, който е отказал предложението да стане идол на бога на скулптора. Слугата не зададе въпроси и отнесе камъка в храма, като го предаде на свещеника. Камъкът бил поставен точно под идола на Бог в храма, така че кокосовите орехи, предложени като прасад (приношение), да могат да бъдат счупени върху него. След като приключи освещаването на Божия идол, всички си тръгнаха. Сам пред камъка, станал идол на Бога, камъкът казал: „Какъв късмет си намерил? Вие сте станали Бог. Хората идват и ти се покланят. Те ви боготворят като Бог. Ден и нощ търпя удари с чук. Каква несправедливост в Божия свят? Тук поне справедливостта трябва да възтържествува.“

Тогава камъкът, който се превърна в идол на Бог, каза на другия камък: „Може би си забравил, че моята форма някога беше като твоята. След като изтърпях безброй длето и чукване в продължение на много дни, стигнах дотук. Вие също можехте да имате тази възможност, но отказахте да преминете през болезнения процес този ден. Ето защо намерихте това място днес, където ще трябва да се подлагате на болезнен процес всеки ден.

Заключението на историята е, че ако ние, като хора, се съгласим да бъдем построени в Божията работилница за целия си живот, трябва да преминем през болезнен процес, който продължава известно време. От друга страна, ако правим нещата по нашия начин, избягвайки трудностите при спазването на правилата, трябва да издържаме на изпитания през целия си живот.

Скъпи читатели и приятели, тази история свършва до тук. Винаги съм обичал да чета приказки. Прочетох много приказки от детството си. Нашето училище също имаше специално устройство за четене на книги. Освен това четяхме много приказки в библиотеката. За целта беше определен един ден седмично за всеки клас. Допълнително децата получиха книжки за вкъщи за една седмица. Освен това бяха предложени книги като награди на малките читатели. Така се роди страстта ми да чета приказки. И благодарение на това хоби с времето в мен се роди разказвач. Днес с голяма радост представям на моите читатели първия си сборник с разкази, специално предназначени за деца. Освен това дори възрастните хора няма да бъдат лишени да се насладят на съдържанието му. Тази колекция от разкази е кулминацията на благословиите на моите родители, подкрепата на моите близки и Божията благодат. Надявам се, че чрез тази книга ще получа цялата ви обич.

- Гита Растоги 'Geetanjali' (на английски)

C-26, ж.п

Модинагар 201204

Област: Газиабад

(UP) Индия

Моб.: 8279798054

Имейл: geetarastogi26@gmail.com

Съдържание

Майчина къща

В едно село живеела стара жена на име Шитала. Тя притежаваше много голяма къща в това село и живееше там сама. Въпреки че Шитала имаше много деца, те имаха бизнес в различни градове в страната и дори в чужбина. Затова не можели да останат вечно при нея на село. Нито един от нейните синове или дъщери не успя да живее завинаги с майка си на село. Шийтала беше жена в отлично здраве. Това е резултат от редовен дневен режим и медитация. Не й липсваха пари. Нуждите му също бяха ограничени. Така че препитанието не е било проблем за нея. Къщата му имаше просторен двор и градина. В градината му имало много овощни дървета – мангови дървета, индийски черници, ним и кокосови дървета. Освен това градината му съдържаше горчива кратуна и боб. Тя също отглежда домати, зелени люти чушки, патладжан, карфиол, картофи и кориандър. Освен това отглеждала невен, рози, слънчогледи и трайни насаждения, които допълвали красотата на нейната градина. Старата Шитала работеше усърдно в градината си и се грижеше за своите дървета и растения. Ежедневната му рутина беше много последователна. Тя ставаше преди зазоряване, измиваше къщата, вършеше домакинските си задължения и след това се покланяше на Бога. След това запалваше печката, за да приготви храна за себе си.

Шитала ръководеше тъкачен бизнес, в който работеха и местни жени. Те изработиха кошници, букети, подложки и различни други предмети. Отиването на пазара и продажбата на тези продукти беше трудна задача, но местните идваха в къщата й, за да ги купуват. Вечерта тя прекарваше време в градината си. Тя обичаше да се грижи за растенията си. Тя ще направи нови аранжировки и ще засади нови дървета там. Поддръжката на растенията, поливането, добавянето на торове и редовното плевене заемаха голяма част от деня му. Всеки ден тя получаваше много зеленчуци и цветя от градината си и беше принудена да мисли как да ги използва. Ако не искаше да ги продаде, щеше да ги раздаде безплатно на жените, работещи в нейната вила. Ако на местен жител липсват зеленчуци, той идва при Шитала Мата за помощ. Тя не се колебае да сподели своите продукти. По време на сезона на джамун (индийска черница) клоните на дърветата джамун са отрупани с плодове. Тя щеше да избере джамун за себе си и да ги сподели с всички. Тя също изсушава и смила семена от джамун, за да направи много полезно лекарство за лечение на диабет. По същия начин тя направи лекарства от листа, кора и семена от ним. Веднъж тя даде своето домашно лекарство на близък приятел и то се оказа полезно. Постепенно Шитала Мата става известна като „майка за ремонт" и хора от всички сфери на живота започват да се обръщат към нея за лекарства.

С времето минаха толкова много години. Шитала Мата остаря. Един ден един от синовете му, придружен от семейството си, дойде в къщата. Тя се зарадва да види събраните си син, снаха, внук и внучка в дома си. Това беше приятна изненада за нея. Синът й е натъжен от старостта и самотата на майка си. Той смята, че тя вече не трябва да живее сама. Колко прекрасно би било, ако този път тя можеше да ги придружи и в чужбина и да остане там завинаги. Би било голямо удоволствие да имаме пълно семейство и никой да не се чувства сам. Той изрази мислите си на майка си: „Майко, и ти трябва да ни придружиш този път. Ще се радвате да бъдете с нас, вашите собствени деца. Това ще ни направи щастливи и ще можем да се погрижим за вас."

Майка му беше много щастлива да разбере, че синът й се тревожи за нея и иска постоянното й присъствие у дома. Още тогава, поради голямата си привързаност към родното си място, къщата и градината си, тя не може да приеме това предложение да напусне селото и да се установи за постоянно в чужбина. Сегашният му дом му дава усещане за рай. Затова предпочела да остане вярна на стария си начин на живот. Следователно синът му нямаше друг избор, освен да се върне при семейството си в чужбина. Шитала Мата продължи обичайната си ежедневна рутина, доволна от родното си място, селото си, къщата си, градината си и зеленината на природата.

Пътят на честността

Прагати беше момиче  интелигентен. Учила е в осми клас. Тя имаше скромна природа и много жив дух. Тя беше едно от най-умните деца в класа си. В спорта тя никога не изоставаше. Независимо дали играе квартален крикет или участва в училищни спортни събития, тя винаги е била активен участник. Нейното семейство, съседи и близки винаги я поздравяваха. Тъй като беше добросърдечно момиче, децата от класа й понякога се опитваха да се възползват от нея. Независимо дали става въпрос за тестове или изпити, децата около нея винаги се опитваха да шпионират нейното писане и я молеха да им помогне по нечестни начини. Тъй като е необходимо да се спазват правилата по време на изпитите, наблюдателите се постараха да поддържат строга дисциплина в изпитните зали. Учениците винаги започваха да си чатят помежду си, щом учителите изчезнаха от погледа им. Излишните разговори винаги са забранени по време на изпити. Според системата за преглед това обикновено се счита за несправедливо средство. Не всички ученици обаче осъзнават важността на правилата и не ги спазват стриктно. Прагати подготвяше правилно цялата си програма за изпита и никога не търсеше неподходяща помощ. Други деца не оценяват този честен подход. Те се опитваха да общуват чрез жестове и понякога дори носеха копирани материали вкъщи. Имаше летящ екип, който внезапно се появяваше, за да хване онези, които преписваха оттоворите и се опитваха да мамят. След като тече изпитът по история. Този ден класът на Прагати се ръководи от мадам Санскрит. Още когато изпитът трябваше да започне, тя беше обявила, че всеки ученик трябва да спазва както училищния правилник, така и изпитния правилник. Ако бъде установено, че ученик притежава материал за измама, той или тя ще бъде наказан. Ако са донесли нещо по погрешка, трябва да го върнат на ръководителя или да го изхвърлят мълчаливо в кошчето. Изпитът започна и всички се бориха да завършат работата си навреме. Тези, които не бяха подготвени, гледаха тук и там и се опитваха да опитат нови неща, ако е възможно. Скоро след това се появи летящият отряд. Провериха джобовете на учениците и техните куфари по геометрия. Някои ученици бяха много нервни и се молеха на Бог: „Моля, спаси ме днес. Винаги ще се връщам подготвен в бъдеще.

Веднага щом летящият екип излезе от стаята, всички се настаниха удобно. Учителят помоли кандидатите да завършат работата си навреме, тъй като няма да се възползват от допълнително време. Учителят непрекъснато обикаляше класната стая. Докато се приближава до Прагати, тя се изправя и казва на учителя, че иска да говори с нея. Тя беше предоставила писмени оттовори на малки листчета хартия, които не можеха да се видят от никой от учителите. Още тогава тя предала всички тези неща на учителката по санскрит и я помолила да й прости. Тя обеща да не повтаря тази грешка в бъдеще.

Учителят беше много изненадан. Тя не можеше да повярва на очите си, тъй като се случи невероятното. Тя също беше наранена от погрешното действие на един от нейните интелигентни ученици. Това беше шокиращо преживяване за нея. Тя дори й позволи да си седи вкъщи и да завърши изпита си.

 След като изпитът приключи, тя повика Прагати в стаята за персонала и я попита защо е свършила толкова лоша работа. Защо тя направи нещо, което дори лудите хора не трябва да правят. Прагати се срамуваше от това. Тя се извини за грешката, която е допуснала по невнимание, и обеща да не го повтаря в бъдеще.

„Защо направи това, Прагати? Дори не можех да си представя, че можеш да го направиш?“ — попита професор Санскрит.

Бедният човек не можеше да говори много.

Когато била принудена да говори, едва тогава тя обяснила, че заради заболяването си се е изнервила и е загубила самочувствие. Мислела, че няма да успее да си вземе изпитите и ще й се подиграват в клас и у дома.

„О, мили мой! Чувствате ли се добре в момента?"

„Да, мадам.

„Ти си много интелигентен и мъдър. Не трябва да сте губили доверие в себе си. Въпреки това съм впечатлен от вашата честност. Ако винаги следвате пътя на честността в живота, винаги ще се издигате и ще постигате отлични резултати на всеки изпит в живота си. Животът е игра. Победите и загубите не значат много. Най-важното е да се грижите за ценностите и винаги да се опитвате да следвате правилния път. Ти си добро момиче. Пожелавам ви голям успех и светло бъдеще.”

Всички ние сме в един или друг момент в ситуацията, в която беше Прагати в историята. Не винаги знаем кой път да поемем, защото грешният път винаги изглежда лесен. Следователно, толкова по-вероятно е да се движите в тази посока. Дори тогава трябва да останем на пътя на честността, защото в дългосрочен план това ще доведе до по-добри резултати.

Ниранджана

Когато Ниранджана и нейният брат Никхил слязоха от училищния автобус, те минаха през портата на училището. Вървейки по дългите коридори на училището, двамата се отправят към класа на Никхил. Оставяйки го в класната стая, тя се втурва в нейната. Пристигайки там, тя поставя чантата си на седалката и поздравява приятелите си, които вече са с  нея. Ниранджана винаги пристигаше в училище малко по-рано от планираното време, защото автобусът й я взимаше на най-близката спирка на първата обиколка. Децата, пристигащи през втората фаза, обикновено пристигат в училище малко по-късно от първата. Преди сутрешната молитва тя разговаря с приятелите си, след което отива при учителя, за да попита дали има някакви задачи за изпълнение. Шалини беше нейният най-скъп и най-близък приятел. Тя запази място за него и му помогна във всичките му задачи. Точно днес тя излезе с Шалини, за да намери учителя, който водеше молитвеното събрание.

„Виж, Шалини! Нашата мадам Прагия идва. Хайде да отидем да я попитаме дали ни дава присъствения регистър за нашия клас. Тя изглежда претоварена с толкова много неща, които държи в ръката си.

„Като казаха това, двамата приятели започнаха да се движат към посоката, от която се приближаваше госпожа Прагия.

„Здравейте, госпожо", поздравиха я почтително.

„Здравейте деца. как си Мадам се усмихна.

„Госпожо, благодарение на вашите благословии се справяме добре.“

„Госпожо, ако нямате нищо против, може ли да донесем регистъра на присъствието в клас? Госпожо, моля ви. Дайте ни го. Ще го запазим в класа. Моля, госпожо“, попитаха я те, докато чакаха отговора й.

Мадам се усмихна и без забавяне подаде кутията на Шалини. Момичетата се почувстваха възхитени и щастливи се отправиха към класната си стая.

Сега двамата приятели чакат своя уважаван учител да влезе в класната стая. Когато мадам пристигна, всички деца станаха и я поздравиха. Мадам ги благослови и ги покани да седнат. По това време госпожата извика Шалини и Ниранджана, за да им даде инструкции. Изведнъж звънецът бие. Сега е времето за молитва. Всички ученици се наредиха за участие в молитвеното събрание.

Шалини и Ниранджана вече са стигнали до молитвената зала преди другите. Там забелязали госпожа Сунила, която ръководела детските програми. Присъстваха и други деца. Те му разказаха за представянето си онзи ден. Когато учителката забеляза момичетата, стоящи там, тя ги насочи по същия начин.

„Искате ли да представите нещо на днешното молитвено събрание?

„Да, госпожо. Ще разкажа една история - оттвори Ниранджана. Изглежда много щастлива в момента.

„А аз ще рецитирам стихотворение“, оттвори Шалини.

„Добре, ще запиша имената ви. Помниш ли всичко добре? Нека го чуя веднъж - помоли мадам Сунила.

И двете момичета бяха много активни и интелигентни. Техните презентации бяха добре приети. Ниранджана разказа история, която баба й й беше разказала снощи. Беше просто репетиция за истинското представление.

Всички деца вече са се събрали в залата. Както обикновено се проведе колективна молитва. Музикалните инструменти, съпровождащи нежните мелодии на молитвата, сякаш струните на сърцето започваха да вибрират. След молебена децата изнесоха културна програма. Ниранджана разказа историята на крадец, който благодарение на навика си да говори истината, станал министър в кралски двор. Всички деца и учители бурно аплодираха.

Днес Ниранджана е много щастлив. Тя реши да учи прилежно и да направи нещо от живота си. Тя никога няма да забрави да уважава по-възрастните си.

Следобед, когато училището свърши, всички се качиха на училищния автобус и пристигнаха на спирката си. Майка им ги чакаше с нетърпение. На връщане Никхил и Ниранджана разказаха всички училищни дейности на майка си, която слушаше внимателно, вървейки ръка за ръка с децата към дома.

Прекрасна Грейси

Грейси беше очарователно осемгодишно момче. Той беше непослушно момче. В четвърти клас и той порасна. Като повечето деца на неговата възраст, той имаше малък интерес към ученето и повече към играчките. Освен това обичаше да се скита насам-натам и да си губи времето в пакости.

Той имаше приятел на име Сидхи, който беше в същия клас като него. Домовете на тези две деца не били далеч един от друг. Грейси искаше да играе със Сидхи цял ден. Но на Сидди не му беше позволено да направи това без разрешението на майка си. Условието беше първо да си свърши домашното. Същото беше положението и в училище. Сиди беше по-внимателна към ученето си, докато Грейси винаги търсеше някой, с когото да играе. Когато не намираше никого, си играеше с гумичката си или с везната. Освен това понякога се караше от учителите си. Трудно е да се опише с думи какво е почувствал този беден творец.

У дома също често трябваше да играе сам. Когато му беше малко скучно, той почука на вратата на къщата на Сидхи, която беше в съседство.

„Сидхи, Сидхи, излез навън. Ще играем заедно.”

„Не, имам много домашна работа.“

„И аз имам да пиша домашно. И тогава? Да не играем ли? Не обичам да уча през цялото време. това харесва ли ти?“

„Дори и да не ми харесва, знам, че първо трябва да го направя. Мама ми каза: „Първо учи, после играй."

„О! Без Сиддхи. Не можеш да откажеш така. Как можете да направите това? Да не си ми приятел? хайде хайде Първо да играем. Оставете домашните настрана. Направи го по-късно. Имам и много домашна работа. Обаче не ми пука. Ще го направя по-късно."

„Не, не. Не е честно. Ще го направиш по-късно. Сега се прибирай вкъщи и играй там. Моля да ме извините. Ако не ми харесва да ме наказват в училище.

Като чу това, Грейси се натъжи. Но нямаше избор. Поема по пътя към дома си. Когато Siddhi завърши домашното си, тя отива в къщата на Riddhi, който живее наблизо. Сидди отне нейната красива кукла и други играчки. Риди имаше двор в къщата си. Играха там дълго време, после отидоха в градината и играха под сянката на дърветата. Riddhi и Siddhi се наслаждаваха на играта на къщата. Правеха глинени съдове и си играеха с тях. Тогава денят се преструваше, че готви и готви храна. След като се държаха като майките си, когато са уморени, докато планираха да опаковат нещата, Грейси дойде да се присъедини към тях. Искаше да си играе с тях. След това тримата планираха да стартират нова игра, училищната. Тогава Сидхи играеше ролята на учител, а останалите трябваше да станат ученици. Играха и се забавляваха много.

Сидхи донесе бележника си и записа имената на учениците, които играеха. Имаше добра активност и след това обичайните проучвания продължиха. Първо беше класът по математика, след това този по хинди. След като учениците завършиха писането си, учителят Сиддхи направи поправката и им даде тетрадките. Децата много се забавляваха. Слънцето щяло да залезе и майките им ги повикали да се прибират. Децата бяха принудени да се върнат у дома.

Децата имат свой собствен свят. Те са очарователни създания. Те се забавляват по различни начини и искат да останат там завинаги. Те са Грейси, Сидхи и Ридхи.

У дома Грейси нямаше с кого да си играе. Играеше сам. По-голямата му сестра изобщо не обичаше да си играе с него. Когато той настоя да играе с нея, тя започна да го учи. Грейси е много отегчена.

Бащата на Грейси трябваше да работи в офис далеч от града. Трябваше да остане там и се прибираше у дома само през уикендите. Майка й също е работеща жена. Тя също ходеше на работа всеки ден. Вкъщи тя се грижи за домакинските задължения. Грейси настоя да му разкаже история и тя често намираше извинения, за да я избегне. Грейси се ядосваше от всичко това. Понякога се ядосваше и не разговаряше с никого. Но дълго време не можа да покаже гнева си. След това всички се забавляваха и избухнаха изблици на смях. Сестрата на Грейси помагаше на майка си в работата. След това се забавляваха, гледайки анимационен филм или нещо интересно по телевизията.

Грейси беше и запалена готвачка. Обичаше да яде разнообразна и вкусна храна. След кратко време огладня. Това обикновено се случваше след кратки интервали от време и изискваше да отидете в кухнята, за да потърсите нещо за ядене. Изяде всички шоколади, които имаше в хладилника. Когато имаше шоколади и плодове, той дори не ги поглеждаше. Веднъж се случи същото. Грейси искаше да хапне нещо.

„Какво да ям и кого да питам? Тъй като майката е болна, трябва да се оправям сама. Хайде, Грейси — помисли си той. „Определено трябва да намеря нещо в кухнята.“ Мислейки това, той отваря хладилника.

„О, не! Хладилникът е празен. Как е възможно това?" Той също беше изненадан и тъжен. Той не се отказа и продължи да претърсва всеки рафт и контейнер. И усилията му не бяха напразни. Имаше нещо. „Имам ли нещо за ядене?“ Той отвори съд и опита нещо, което приличаше на сол.

„О, да... Това е най-вкусното." Това беше контейнер, пълен с глюкоза. Той седеше с контейнера и лъжицата и наистина се наслаждаваше на яденето.

Вече се е превърнало в ежедневие да се храни с глюкоза, тъй като майка му е запасила голямо количество от нея. За няколко дни запасите постепенно се изчерпаха. Тогава бедната Грейси се озовава в неудобно положение. Всеки път, когато беше гладен, не намираше нищо за ядене. Той редовно влизаше в кухнята и ровеше из всички кутии. Но не намерих нищо повече.

 Много неща трябва да се съхраняват в кухнята, защото е много трудно за една работеща майка всеки момент да тича до пазара.

Един ден майка му също се нуждаеше от глюкозна вода. Тя помоли сина си Грейси да го донесе. Но той отказа. Когато тя сама влезе в кухнята и се опита да намери контейнерите с глюкоза, не можа да намери нито едно зърно.

„Грейси, Грейси, ела тук! Тук имаше много складирана глюкоза. Къде е той сега?"

„Изядох всичко, мамо. Бях много гладен."

„Добре. Но трябва да остане нещо. Потърсете го и донесете и за мен.

„Не, мамо. Нищо не остана. Търсих внимателно навсякъде.

„Сине, имаше доста голям запас. Шест контейнера по един килограм. Как можа да ядеш толкова много глюкоза?

Тогава Грейси стана майка. Той само наведе глава. Майката гледа дъщеря си, която също стои наблизо. Тя се усмихна. Гневът на мама се изпари и тя не можеше да му крещи, но се засмя на невинното му лице.

„Хляб и масло ли беше? Кой яде глюкоза в толкова големи количества? И когато свърши, защо не ми каза? Сега разбирам какво ти се случи. Защо напълнявате тези дни? Трябва да ядеш плодове."

„Мамо, ти не донесе никакви плодове. какво мога да направя Бях много, много гладен. Казваш ли ми какво трябваше да ям?

„О, можеше сам да отидеш на пазара и да си купиш плодове, нали?“ След това той прегърна сина си с любов и каза: „Ела с мен. Ще отидем на пазара, за да купим неща от първа необходимост. Освен това ще се научите как да пазарувате, за да можете да се грижите за майка си, когато е болна, и вие да не останете гладни.“

След това тримата отишли на пазар и доста напазарували. Донесоха продукти от първа необходимост, ориз, варива и захар. След това купиха шоколади, сладолед и плодове. Те се върнаха у дома щастливи. Сега Грейси се чувстваше много щастлива.

Тайната на победата

Пръстите му се изплъзват

непрекъснато на екрана на мобилния телефон. Той се чувстваше като крал на а 

династия. Кралят, не само с името си, но и с кралския си начин на живот и да прави каквото си иска, направи момчето на име Раджа истински крал или принц.

Раджа беше петнадесеттодишно момче. Като се глезеше, той беше развил лоши навици и стана мързеливо момче.

Имаше навика да се събужда късно сутрин. Веднага щом се събудеше, той автоматично вдигаше мобилния си телефон и започваше да го превърта. Или играеше видео игри, или чатеше с приятелите си. Всъщност сякаш е развил зависимост към мобилните телефони. Смартфонът беше като бърз приятел, с когото искаше да остане завинаги.

„Раджа, о, Раджа? Къде си?", извика майката, докато смартфонът беше поставен на масата в стаята й.

„Изненадан съм. Как се изолира телефонът на детето ми? Трябва да е зает в банята и никъде другаде. Майката се притесни.

Тя беше права. Раджа беше в банята. Когато отвори вратата, влезе в кухнята и поиска чаша вода.

„О, раджа сахибът пристигна. Слугите трябва да са там, за да му служат. Тя се присмива.

Раджа не оттовори. Той знае, че майка му е ядосана. Взима чаша, пълни я с вода и пие. Сега е доволен.

Върна се в стаята си и отново легна на леглото. След като полежа известно време, той взе мобилния телефон обратно в ръката си и започна да играе. Изкара цял ден с него и не поиска нищо друго.

Сега е следобед. Майката го повика.

„Раджа, о, Раджа. Излезте и се присъединете към нас на масата за хранене.

„Не, тук съм добре.“

„Ще постите ли днес? В противен случай излезте и яжте малко храна. добави тя.

Но Раджа не го послуша. Винаги беше на телефона си.

Въпреки това се чувстваше уморен и гладен. Дори тогава той не искаше да излезе от стаята си. Той седеше със затворени очи няколко минути, облегнат на възглавницата си. Беше гладен. Той също така почувства лека болка в очите си от взиране в екрана на мобилния си телефон. Беше прекъснал играта, която играеше. Знаеше, че майка му ще се появи с пълна чиния с вкусна храна. И се случи същото. Наслаждаваше се на вкуса на цвъртящата гореща храна.

Сега е време за сън. Той затваря очи за кратко. Мобилен телефон в ръка, той спи. Когато майка му го видя да спи в тази поза, тя взе смартфона от ръцете му и го остави да спи удобно.

Поради неговата небрежност и непрекъснато гледане в екрана на телефона, зрението на Раджа ( ) отслабна и той започна да изпитва главоболие през повечето време. Проблемът не може да се скрие от родителите му и те намират за необходимо да се консултират с офталмолог. Лекарят направи очен тест на Раджа и го посъветва да носи подходящи очила. Времето и приливите не чакат никого, гласи поговорката. Бавно времето минава и семестриалният изпит пристига.

Всъщност Раджа не беше прилежен в училище. Той пропусна повечето от часовете си заради пристрастяването си към смартфона. Веднага щом Раджа научи за пътната карта от един от приятелите си, той се разтревожи. На следващия ден той отиде на училище за редовни уроци.

„Сега, Раджа, какво ще правиш? Завършваме с много кратък период от време и изглежда, че покрива цялата учебна програма. Започна да си говори сам. Той всъщност беше притеснен и осъзна грешката си да губи време. Голяма цел сега е пред него и той не знае какво да прави в този момент. Той никога не е приемал обучението си сериозно. А приятелството му с мобилния телефон представляваше проблем за него. Така или иначе, той не е готов да се откаже. Той решава да работи здраво и да спечели битката. Не беше твърде уверен, но си обеща, че ще се подобри. Неговите приятели и учители му помогнаха в това отношение. Той бързо успя да завърши всичките си уроци и домашни и ги показа на съответните си учители. След това трябваше да проучи всичко задълбочено и да запомни. Поради изобилието от график и липсата на време, Раджа дори не можеше да спи добре.

В деня на първия си изпит той пристигна в стаята за изпити и седна. Той се помоли на Бог, като затвори очи за известно време. Когато въпросникът се появи на масата му, той едва не припадна за момент, защото не можеше да си спомни какво е учил и научил вкъщи. Всички отговори на въпросите се смесват в ума му. Както и да е, трябваше да напише нещо, защото не можеше да остави листа за отговори празен. Той написа повечето отговори грешно. След като даде листа с отговори на надзирателя, той се върна у дома. Чувстваше се много тъжен. Можеше да си представи и позицията си на предстоящите изпити. Независимо от това, той трябваше да даде всичко от себе си на своето ниво. В края на изпита той се почувства спокоен. В деня, в който бяха обявени резултатите от изпита, Раджа събра по-малко точки, отколкото очакваше. Родителите му също не бяха доволни от представянето му.

Няколко месеца по-късно Раджа трябваше да се яви на изпитите си. Родителите на Раджа решили да му помогнат с обучението, защото смятали, че той няма да може да се справи без тяхна помощ.

Един ден бащата на Раджа му се обади, за да му каже за обучението си?

Той каза: „Сине мой, като видя междинните си резултати, какви са стратегиите, които си планирал, за да издържиш бакалавърския и бакалавърския изпит? Трябваше ли да мислиш за това? Добър момент ли е да обсъдим тези неща с вас?"

Раджа не можа да отговори. Той запази мълчание. Той също така осъзна своите минали грешки и необходимостта да работи усилено и планирано в бъдеще.

„Какво постигнахте, като прекарахте времето си с този смартфон? Вие сте посветили бъдещето си на това устройство. А сега давай и остани там.“

„Не, татко. Знам, че грешах."

„И така, какво решихте за бъдещето?“

„Повече няма да се придържам към този смартфон. Ако го направя, ще се проваля. И не съм готов да се радвам на този провал. Затова реших да вложа всичките си усилия в обучение. Ще си направя график и ще се придържам към него. Моля те, прости ми татко за миналите ми грешки.”

Гордостта на Раджа се пробуди от думите на баща му. Той ми каза: „Татко, обещавам ти, че ще уча прилежно и ще докажа отличните си постижения на бордните изпити. Моля те, благослови ме и ме напътствай.

„Раджа, нищо не е невъзможно на този свят. Щом решите да спечелите, това е добър избор. След това трябва да имате план и да се придържате към него. Вашите искрени усилия са необходими. Моите благословии са винаги с вас.”

Раджа промени навиците си от този ден нататък. Той установи фиксиран график, който да следва. Той отделя малко време на забавления и изобщо не на видеоигри. Той също използва смартфона си за обучението си. Ето как Раджа се подготвяше за изпитите с голяма отдаденост. Когато отиде в кабинета за прегледи, изобщо не се страхуваше. Този път той се справи добре и отговори правилно на повечето въпроси.

Всички ученици с нетърпение очакваха резултатите. Когато обявиха резултатите от изпита, всички бяха изумени. Упоритият труд на Раджа се отплати. Той спечели първо място в своя клас. Учителите му го потупват по рамото, а приятелите му го поздравяват. Родителите на Раджа го прегърнаха, обсипаха го с любов и го благословиха.

Всъщност Раджа беше много умен от самото начало. Ето защо той стана някак невнимателен и прекалено самоуверен. Тогава смартфонът навлиза в живота му и създава много смущения в обучението и здравето му. Така че, мили мои деца, през повечето време можете да почувствате такава ситуация в живота. В този случай трябва да знаете, че упоритата работа няма алтернатива. И ако последователно инвестирате времето си в обучението си от самото начало, няма да почувствате, че трябва да работите твърде много. Проучванията могат да станат много интересни. Можете също така да посветите време на игри и забавления.

Планирането и упоритата работа са наистина тайните на успеха. Раджа също беше научил урока си.

Мелодичните ноти

Нони и Неену бяха най-добри приятели. И двете

бяха тийнейджъри, на възраст

на около петнадесет или шестнадесет години. Те са учили заедно от деца. Приятелството, което ги обединява, укрепва с всеки изминал ден.

Къщите, в които живееха двете момичета, не бяха толкова близо една до друга. Бяха далеч един от друг и на две различни места. Тъй като учеха в едно училище и в един клас, имаха достатъчно време, което да прекарват един с друг. И двете момичета учеха в девети клас. И двамата бяха искрени и си помагаха в учението.

Noni беше малко по-висок и по-силен, докато Neenu беше слаб и обикновено изглеждащ. Всъщност външният вид не е синоним на личност, тъй като цялостната личност на човек е комбинация от различни качества, нагласи и морални ценности. Ето защо не можем да съдим хората само по външния им вид. Всички знаем, че истинското приятелство е дар от Бога. Щастливите хора са благословени с този ценен дар. Истинските приятели често се допълват. Всяко човешко същество има недостатъци и никой не е съвършен. Всеки човек прави много грешки в живота си. Никое човешко същество не е перфектно на този свят. Всички имаме една или друга грешка. Освен това наличието на верни приятели ни позволява да се чувстваме перфектно, без да полагаме специални усилия.

Приятелството между Нони и Неену беше такова. Когато едната трябваше да отсъства от училище, другата й помагаше с всички домашни за деня. Помагаха си. Така и двамата са били отлични в обучението си.

Нони обичаше музиката. Тя също обичаше да пее. Всеки път, когато се опитваше, усещаше, че не може да пее добре. От друга страна, Neenu пееше малко. Един ден, докато Neenu си тананикаше мелодия, тази тайна беше разкрита на нейния приятел Noni. Тя го оценява. Чувстваше се тъжна, защото гласът й не беше много добър и не можеше да пее добре. Тогава тя решава да послуша приятеля си и да се опита да се научи да пее. Тя моли Neenu да й дава уроци, но самата Neenu не е перфектен учител. Тя каза: „Защо не трябва да говорим с родителите си за това? Могат да организират час по музика и за двама ни, защото и аз трябва да уча много. Не съм много добър в музиката."

Нони разбира какво има предвид нейният приятел. Тя му казва, че следващата неделя ще отиде в къщата на Неену. Неену беше щастлив. Тя разказа целия разговор между приятелите и желанието си.

Децата са много невинни същества. Те са много бистри и бистри в съзнанието си. Те не са свикнали да таят злоба в сърцата си. Те не могат да не бъдат директни, защото не чувстват нужда да бъдат по друг начин. Когато човек премине от детството към юношеството, простотата на неговата личност започва да избледнява и той създава няколко слоя или маски около себе си. Това е, което наричаме „светскост". Представете си какво щеше да се случи със света, ако всички хора бяха деца. Тогава нямаше да има нито бой, нито кавга, нито ревност. Всеки може да остане в любов и мир. Няма ли светът да е по-хубаво място за живеене?

Най-накрая дойде неделя, когато Нони трябваше да отиде в къщата на Неену. Беше около десет часа сутринта. Неену вече беше уведомила семейството си за пристигането на нейния специален приятел. Мама приготви специална закуска за специалния гост и всички се събраха около масата за хранене.

Хлебните пакори бяха вкусни. Всички се наслаждаваха на това и на разговора. Мама каза на Нони за майка си и други членове на семейството. В разговорите са участвали и други хора. След закуска Neenu разведе Нони из цялата й къща и след това я върна в собствената й стая.

„Нони, хайде. Погледнете тази стая. Това моята занималня ли е? как става това Да седнем и да се отпуснем. ела Вземете този стол. Тя посочва единия стол и взема другия за себе си.

Там те седяха дълго време. Те продължиха да говорят на различни теми. След това започнаха да играят скрабъл. Нони беше щастлив. След това, докато споделяха тетрадки, тя забеляза, че Neenu е написал няколко песни на последните страници на тетрадката си. Нони помоли: „Неену, моля те, изпей за мен. Ще ме направи щастлив.” Когато Neenu изпя песента, тя се зарадва да чуе мелодичния й глас. Вечерта, след като играха и се забавляваха много, Нони искаше да се прибере. Тя се сбогува с всички и си тръгна.

Вкъщи Нони започва всеки ден да настоява пред майка си, че тя също иска да учи вокална музика. Той също харесва идеята. Майка й вече обмисляла официално да въведе музикално образование на дъщеря си. Затова родителите на двете млади момичета говориха по тази тема. В града имаше музикално училище. Там двамата приятели Неену и Нони получават класическо музикално образование. Те също трябваше да тренират пеене вкъщи. За няколко месеца те научиха основите на музиката. Всеки път, когато пееха заедно, околната среда се радваше на сладките им мелодични гласове. Всички бяха доволни у дома и в училище и оцениха усилията и на двете момичета.

Баба и Амиша

Бабо, о, мила моя бабо, къде си? Отдавна ли те търся навсякъде? Играеш ли на криеница с мен?" Амиша, десетгодишно момиче, тичаше из къщата си. Докато се разхожда, вижда баба си да седи в молитвената стая. Тя си каза: „Не би ли било по-добре да изчакам малко, вместо да ходя и да я безпокоя по време на молитвите й?" А малката Амиша стоеше на разстояние.

Но тя не можеше да чака повече от няколко минути. Тя се приближи до баба и започна да я притеснява.

„О, Амиша, ти си. Мога да те идентифицирам по всяко време, дори и със затворени очи. О! Хайде, непослушна кукло. Остави ме първо. Само тогава ще мога да те изслушам какво имаш да кажеш", каза му баба му. Малката Амиша беше малко палава. През повечето време искаше някой да си играе с нея. Вкъщи баба й беше най-добрата й приятелка. Винаги се е опитвала да остане с нея. Или си говореха много, или малката искаше да разказва приказки, детски песнички или преживяванията си в училище. Понякога й беше любопитно да слуша историите на баба си.

Какво красиво нещо е създал Бог. Приятелството на малки и големи. И двамата се наслаждават на компанията си, защото имат най-голяма нужда от нея. Малките същества винаги имат какво да кажат и споделят с любимите си хора. Бабите и дядовците знаят как да се справят с всичко, което обичат да правят по-малките. Същото беше и за бабата и Амиша, нейната внучка.

След като молитвите свършиха, бабата имаше нужда от опора, за да стане. Тя поддържа ръцете на Амиша, става и излиза от стаята за молитва.

Амиша играеше много с баба си. Щом видеше баба си, че има свободно време, започваше да й говори. Тя не само играеше с нея, но и споделяше с нея всички събития от деня си. Всички истории от нейното училище и всичко останало ги имаше в главата си. Родителите й работеха в свободна професия и нямаха свободно време, което да посветят на дъщеря си. Дядо му винаги беше зает да чете вестник или да гледа телевизия. Понякога и той обича да си играе с най-сладкото създание в къщата.

Така че дуетът баба и Амиша бяха много близки и работеха добре. Те опитваха нещо ново, когато имаха време.

Бабата седи на дивана в антрето. Амиша също дойде и се просна на коленете му. Тя прегърна внучката си и я накара да седне до нея. След това я попита какво иска да каже по време на молитвите.

– Бабо, какво правиш там?

"Молих се на Бог."

„Защо се молиш на Маа?

„Моля се за вашето благополучие и за благополучието на всички.“

„Необходимо ли е всеки ден да се моли?

„Да, скъпа моя. Всеки трябва да се моли поне веднъж или два пъти на ден.“

„Чува ли ни Бог?

„Да, Бог чува нашите молитви и оттоваря на тях.

„Ако не се моля, Бог ще ме накаже ли?

„Не, Бог ни обича всички. Защо ще ни наказва без причина?“

„Бабо, някои казват, че Бог ни наказва. Не е ли вярно?“

„Всъщност Бог обича само нас. Наказани сме за собствените си грешки. Вашият учител не ви ли наказва всеки път, когато направите нещо глупаво в час?“

"Да, тя го прави."

„Тя не те обича?“

„О, бабо, тя е тази, която ме обича най-много.“

„Скъпа моя, същото е и с Бог. Спомняте си го сега. Ние сме наказани за нашите лоши дела. Божията любов и грижа са тези, които ни подхранват и ни правят достатъчно мъдри да вършим правилните неща в точното време, както и актът на доброта.“

„О! баба. Ти си най-милата ми баба. Аз също ще се помоля на Бог точно сега да бъда по-мъдър, отколкото съм днес. не е ли?

„Истина е, дете мое. Това е абсолютно правилно.“ И тя прегърна Амиша.

„Бабо, чух, че молиш Бог за нещо. Можете ли да ми кажете какво е?“

„Защо не? Непременно ще ви кажа. Молех Бог да вдъхнови внучката ми да ми направи чай днес.”

„Аз, бабо? шегуваш ли се Как мога да ти приготвя чай, докато не знам как се приготвя?“, пита изненадано Амиша.

„Хайде, кукло моя. Няма място за притеснение. Нека първо да преминем към кухнята. Тогава ще те науча как да правиш чаша чай.

„Бабо, мога да го науча и в YouTube.“

„Разбира се, че можете да научите всичко в YouTube, но ще искате да го научите от мен, защото в момента съм с вас. Когато приготвите чая, аз ще се погрижа за вас. Засега, тъй като си твърде малък, важно е да съм с теб. Ти дори не знаеш как да използваш правилно газта и тигана.

Амиша се колебае. Тя искаше да върши цялата работа в кухнята сама и по свой начин. Тя имаше голямо доверие в себе си и преживяванията си в YouTube. За разлика от това, баба й имаше вяра в собствения си житейски опит.

Така че беше решено баба и Амиша да направят чай заедно и те се отправиха към кухнята.

Изолираният душ

Преди много време, в град на име Рампур, живееха двама приятели на име Лилавати и Калавати. Двете жени били съседки и близки приятелки. За жените се носи слух: когато се срещат, те говорят твърде много и фокусът на разговора им е критика към другите. Въпреки че това са слухове, понякога хората започват да им вярват, без да знаят. Трябва  да знаем, че критикуването на другите без причина не е добър навик. Някои хора развиват болестта бавно, дори и да не го осъзнават.

Поведението на тези двама приятели беше в противоречие с това. Те никога не са обичали да клеветят другите. Те обичаха да споделят взаимно радостите и скърбите си или се фокусираха върху решаването на истински проблем. Когато нямаха какво друго да правят, си споделяха шеги и се смееха от сърце.

Съпругът на Калавати работеше като банков чиновник, докато съпругът на Лиелавати беше златар. И двамата имаха деца в училище. Винаги, когато имаха свободно време, се срещаха у дома. Времето минава така. Никой не обичаше да губи свободното си време в разговори и затова започнаха да планират нещо ново и креативно. Те търсеха идея, която да реализират в реалност. Това ще им даде работа и пари. За тях съвместната работа ще бъде удоволствие. Въпреки че това не беше лесна работа. Създаването и разрастването на нов бизнес изисква нужното внимание, време, знания и отдаденост.

От тях обаче не се изискваше да печелят пари, тъй като домакинските финанси бяха напълно достатъчни, за да свързват двата края. Дори тогава те искаха да бъдат по-продуктивни, отколкото бяха. Това би направило тях и техните семейства щастливи. Пред тях стоеше въпросът какво ще правят и какъв бизнес ще започнат.

Един ден пазарът на злато претърпя спад. Това се отрази негативно на бизнеса на съпруга на Лийла. Въпреки че пазарът от време на време преживява възходи и падения. И това не беше постоянен проблем.

„Добър момент е да започнете нов бизнес", помисли си Лийла.

„Кала, сестро моя, чуй ме. Имам една идея на ум. Надявам се и на вас да ви хареса." Лила сподели мнението си със своя приятелка.

„Може би. Кажете ми нещо по-подробно. - отвърна Кала.

„Не трябва ли да започнем собствен бизнес?"

„Разбира се. Това е страхотна идея.

„Кажи ми какъв тип бизнес да започнем? Трябва ли и двамата да работим в партньорство?"

„Да, без съмнение", каза Калавати.

„Какво ни подхожда? Под това имам предвид стартиране, в което се нуждаем от минимална помощ от други членове на нашето семейство."

„Слушай, сестра Лийла. Да започнем бизнес с туршия и татко. Тези продукти ще ги подготвим двамата в началото. С разрастването на бизнеса ще добавяме още работници, които да ни помагат." Калавати говори ентусиазирано.

„Да, това ми звучи добре." Лийла хареса идеята му.

Ще се научим също как да използваме нови техники, за да развиваме нашите дейности." Калавати продължи.

В крайна сметка идеята беше одобрена и приложена на практика. И двамата записаха суровините и ги купиха от магазина за хранителни стоки. Те донесоха варива, подправки и работни листове за правене и сушене на татковци. Те донесоха много зеленчуци като моркови, карфиол, люти чушки, цариградско грозде, репички и много други, за да направят кисели краставички. Закупиха съдове за съхранение и опаковане на продуктите.

Така двамата приятели се трудиха всеки ден и внимателно приготвяха продуктите. Те се свързаха с търговци, готови да продават и рекламират продуктите си редовно. Когато направиха първата си победа, бяха много щастливи. Членовете на техните семейства също оцениха работата им. Те също бяха горди. Докато всички се събраха да празнуват първия си успех, децата им дадоха няколко съвета: „Мамо, защо не продаваш продуктите си онлайн?"

„Ние не знаем за тези неща. Двете майки говорят в един глас.

„Това ще стане лесно, мамо. Лельо, ние, децата, ще ви помогнем по този въпрос. Има голям брой сайтове за онлайн пазаруване, където различни продавачи предлагат своите продукти. Задачата няма да ви затрудни. Създайте акаунт на продавач и продавайте продуктите си под имената „Leela Kala Papad" и „Leela Kala Pickles". След няколко месеца хората ще харесат вашите продукти. Така че не се колебайте да научавате нови неща. Вие сте нашите смели майки. Ние ще ви помогнем много. Не сме ли твои деца?" - казват децата.

„Отлична идея! Така че скоро ще станем известни. не е ли? Лилавати и Калавати говорят заедно. След това всички присъстващи ръкопляскаха.

„Това е истината. Наистина не е шега", казаха децата.

— Добре, да опитаме. Двамата приятели отвърнаха. Бяха решени.

Тогава се случи. Всички работеха заедно. Продажбите и производството нарастваха всеки ден, което помогна на компанията да увеличи печалбите си. Бизнесът им започна да блести на пазара. Днес Leela Kala се превърна в известна марка. Това е резултат от добрата воля и общите усилия на всички.

Беше горещ летен следобед. Облаци се разстилат по небето.

„Няма да можем да правим тати и кисели краставички днес. И така, нека се забавляваме малко днес. Понякога трябва да си вземем почивка", мислейки това, Калавати се обади на Лийлавати по телефона си, „Сестро Лила! Ела тук бързо."

„Какво стана, скъпа моя? Всичко наред ли е?"

„Ти идваш първи. Има изненада за вас."

„О! не кажи ми моля със сигурност ще дойда. Веднага след като изпълня задачата си, ще се явя пред вас.

„Така че слушай, сестро. Погледни към небето. Толкова е красиво. Не би ли било добра идея да пием чай и леки закуски заедно? Вие сте добре дошли. Ела без забавяне. Отивам в кухнята да направя пакори и чай.

„Това е добра идея. Устата ми започна да се сълзи. Ще бъда там след няколко минути с вкусно чътни от мента и кориандър." Лийла оттовори и затвори. След това се зае с приготвянето на соса. Отне само десет минути, докато сосът е готов. Лила изсипа съдържанието в стъклена купа и, като я държеше в ръце, тръгна към мястото на партито. Всички го чакат с нетърпение.

„Хайде Лийла. О! много е красиво. Вкусът му е приятен. Седнете и вземете чинията си. каза Калавати.

Всеки започна да сервира храната в чиниите си. Кала сервира чай на всички. Всички се насладиха на хапките, чая и компанията на другия, както и на хубавото време.

Гледката отвън се виждаше от прозореца. Времето беше приятно и духаше студен ветрец. След малко започна да вали. В началото имаше изолиран душ. Изведнъж започна да вали проливен дъжд. Растенията и дърветата изглеждаха щастливи и показваха удоволствието си, като движеха клоните си като ръце. Цялата среда стана много оживена. След разядката хората много се наслаждаваха на свежестта. Двамата приятели започват да си говорят, а децата са заети с игри. Когато дъждът спря, на небето се появи красива дъга.

Смелото момиче

Имало едно време град на име Ситапур. Младо момиче на име Баури живееше с родителите си. Тази история се случи във време, когато родителите не бяха много внимателни, когато избираха имената на децата си. Наричаха децата си с каквото име им харесва. Думата "Bawri" на хинди означава "луд", но момичето в историята беше точно обратното. Когато става дума за име, през повечето време хората придобиват навика да наричат човек с това име, без никой да се замисли за значението му. Такъв е и случаят с интелигентното момиче Баури. Още тогава тя не беше доволна от името си. Винаги се чудеше какво би станало, ако и тя имаше красиво име като тези на нейните приятелки Ума, Рама или Тина. Всеки път, когато някой я наричаше по име, тя се натъжаваше, защото не харесваше името си. Но тя е безсилна. Как може да си смени името, след като името е вечно.

Един ден, докато седеше до майка си, тя видя, че дъщеря й има сълзи в очите.

„Баури, плачеш ли? защо плачеш Какво натъжи дъщеря ми? Моля, уведомете ме за вашия проблем. Имаше ли проблем?"

„Не, мамо. Нищо ново. Не е толкова важно. добре съм"

„Не, има причина да се тревожите. Важно е поне да кажете на майка си. Не можеш да скриеш нищо от мен." Когато майка й настоява да каже истината, тя трябва да говори.

Майката с изненада научила, че името на дъщеря й се е превърнало в проблем за нея. Тя се опита да я задоволи, като каза: „Скъпа моя, някои от проблемите, с които се сблъскваме, не са реални, а въображаеми. Същото важи и за твоя. Не трябва да се чувствате неудобно с името си. Никой не мисли за това. Името не е твое. Това е просто инструмент, използван, за да ви се обади. Имената не определят човека. Човекът във вас се идентифицира по вашите вътрешни качества и действията, които сте извършили. Не е нужно да се тревожите за това. Хората се подиграват на името. Съжалявам обаче, ако това Ви е причинило неудобство. Никога не съм имал идеята, че това някога ще се случи.“

Баури слуша внимателно майка си. Тя спря да плаче.

Тогава майка му започнала да го нарича Санвари. Тя я обичаше твърде много, защото беше нейна дъщеря. Беше хубаво момиче. Освен това беше много мъдра и интелигентна. Винаги, когато възникнеше проблем, тя използваше умния си мозък, за да го разреши възможно най-бързо. Тя бавно спря да мисли за името му и насочи вниманието си към обучението и работата си.

Беше младо момиче. Малките деца растат по-бързо. Тя също растеше като дива лоза. Тя разви жизнерадостна личност. Винаги беше заета да чете, да играе и да учи нещо ново или творческо.

В действителност къщата на родителите му беше място на детски хаос и вълнение. Независимо дали е дива лоза или лоза на живота, тя ще вирее и ще процъфтява. Със сладкия си глас тя радваше всички. Когато майка й дава домакински задължения, тя не го харесва. Беше й трудно да се смее и искаше да плаче.

Майката на Баури не е получила много официално образование. Още тогава тя знаеше важността на образованието. Тя не искаше дъщеря й да губи ценното си време в кухнята и да се разхвърля. Тя също се нуждае от време за обучение. Но поради натоварването вкъщи, майката понякога е уморена. Тогава тя извикала дъщеря си на помощ, макар и неохотно, когато възникнала нужда.

Така минаха няколко години. Санвари завършва средното училище с отлични оценки и след това си осигурява първо място в гимназията. Сега, когато се премести в 11 клас в потока на природните науки, тя откри, че изучаването на природни науки е предизвикателство. С разрешението на родителите си тя започва да отделя все повече време на обучението си.

Времето има крила. Времето лети, когато си щастлив. Баури, единственото дете на родителите си, беше зеницата на очите им. Те се погрижиха за детето си по възможно най-добрия начин. Винаги, когато поиска нещо, те се опитваха да й дадат доста често. Баури също беше доста мъдър и знаеше границите. Тя също изпитваше уважение към родителите си. Той беше доволен човек, който нямаше излишни желания.

Bawri е нараснал с времето. Умът му не беше засегнат от промените във времето. Тя се фокусира изцяло върху обучението си и изграждането на кариерата си. Благодарение на тази всеотдайност Баури издържа изпитите си за 12 клас с отличие и беше приета в програма за бакалавър по наука.

Бащата на Баури, Рамнат Джи, имаше голяма къща, в която живееше със семейството си. Къщата беше покрита с голяма открита тераса. Първият етаж на къщата се състои от три части. Едната част съдържаше спалните, втората кухнята и просторния двор. Третата част беше градина с тучна зелена морава и различни растения и дървета.

От време на време нейният приятел Рама идваше да учи с нея, а понякога Баури отиваше в къщата на Рама. През повечето време обаче тя учеше у дома.

През лятото семейството често ходело на покрива, за да се наслаждава на чистия въздух и понякога спяло там. По онова време няколкочасовите прекъсвания на електрозахранването бяха нещо обичайно. За да избегнат неудобствата, свързани с жегата по време на почивка, хората отиваха на покривите или предпочитаха да спят на двора.

Беше лятна нощ. Баури учеше на покрива и накрая заспа. Долу, на двора, баща му спи. Минава полунощ и всички са заспали. Баури също беше спал. По това време беше обичайно да си лягаме около девет или десет часа.

Докато спи, Баури се чувства жаден. Тя се събуди и искаше да слезе в кухнята, за да вземе вода. Тя забелязва сенки, които се движат тук-там по стената. Беше малко уплашена.

„Какво се движи по парапета? Някой стои ли там? О! Да, има крадец. Виждам го ясно.“

Крадецът вървял по парапета. Беше тъмна нощ и той се опита да се възползва от нея. Сърцето му бие.

„О! Разбирам - възкликва вътрешен глас. Какво да правим тогава? Мозъкът му препуска.

„Защо се страхувам. Няма нищо страшно. Крадецът е винаги на разстояние от мен. Не може да ме достигне за секунди. Трябва да изкрещя веднага, за да събудя баща си. Тя взе решение. Без да се бави, тя надава силен вик, за да събуди баща си, който все още спи в двора.

„Татко, татко! Погледнете там… има крадец!“ Баури може да каже. Чувайки гласа му, баща му веднага се събужда.

„Баури, къде? Къде е крадецът?", пита бащата на Баури.

„Татко, погледни там“, каза Баури, сочейки парапета.

„Но какво е това? Къде е крадецът сега? Не мога да го видя в момента. Той беше тук преди няколко минути." Баури каза. Тя беше толкова изненадана как крадецът изведнъж изчезна. Заради суматохата и страха да не бъде хванат се наложило крадецът да прескочи оградата, за да избяга.

 След това Баури слиза по стълбите. Баща й беше много доволен от храбростта на дъщеря си. Ако не го беше събудила навреме, крадецът можеше да проникне в дома им. Всички в къщата се събудиха. Майка й също я обсипваше с любов и привързаност към смелата й дъщеря, като я оценяваше.

„Дъщеря ми Баури е най-смелата. Свърши страхотна работа.

Баури беше много щастлива и горда със себе си. Баури също се гордееше с името си тогава.

Страната на феите

Саранг беше очарователно и щастливо малко момче. Беше само на година и половина. Беше много активно бебе. Той обичаше да се отдава на палави дейности през целия ден. Винаги се опитваше да копира дейностите на всички. То имитира майка си, като се преструва, че мете. Подобно на баща си, той вземаше четка за бръснене и се държеше така, сякаш се бръсне точно като него. Много се забавляваше. Всички в семейството също се забавляваха, гледайки забавните му действия. По това време майката на Саранг му даде различни играчки и се опита да го въвлече в игри. Но децата са си деца. Когато играчките са им достъпни, те дори не искат да ги докоснат. Те обичат да се държат като старейшини. Ето защо те копират техните действия и начина, по който седят, стоят, говорят и дори се хранят. Понякога те се превръщат в най-лесния източник на забавление за всички. Същото беше и с малкото дете Саранг.

Докато расте, родителите му се опитват да го накарат да научава нещо ново всеки ден. Дори му рецитират стихчета. Саранг просто ги повтаря, следвайки гласа на майка си. Научава се да говори правилно. Научава нови думи всеки ден. Въпреки че не можеше да произнася правилно всяка дума, той все пак се опитваше. Всичките му действия направиха родителите му много щастливи. Той прекарва целия ден в рецитиране на научените стихотворения, движейки се от единия ъгъл на къщата си до другия. Когато Саранг порасне малко, той обича да слуша историите на майка си. Той също научи няколко.

Саранг имаше много приятели в квартала си. Не всички бяха в неговата възрастова група. Повечето от тях бяха малко по-възрастни от него. Дори тогава всички искаха да играят със Саранг. Саранг беше зеницата на очите им. Сред тези деца имаше момиче на име Хина. Тя смята Саранг за свой брат и той е този, който обича най-много. Тя иска да играе със Саранг цял ден. Играеха или в къщата на Саранг, или в нейната къща. Тя често настояваше да вземе Саранг у дома. Саранг също се радва на компанията му. По настоятелна молба на Хина, майката на Саранг му позволява да отиде в дома й. Хина беше малко момиченце на шест години. Тя изигра много добре ролята на по-голямата си сестра. Тя нежно наричаше Саранг „Могли“. Майката на Хина също се грижеше за Саранг като за собствен син. И така, на четиригодишна възраст Саранг прекарва времето си в игри и става интелигентен.

Един ден бащата на Саранг му донесе аудио книга. Това беше аудиокнига с приказки. Саранг проявява силен интерес към четенето и слушането на истории. Той прочете аудиокнигата и изслуша всички приказки. Той ги слушаше непрекъснато няколко дни. Това го правеше щастлив. Всеки ден слушаше приказки и им доставяше голямо удоволствие.

Един ден Саранг сънувал феи. Кралицата на феите дойде в къщата му, за да го посрещне. Тя го взема със себе си в страната на приказките. Той се движеше там във всички посоки. Там той видя различни видове феи. Имаше чувството, че се носят във въздуха от едно място на друго. Всеки път, когато се опитваше да попита нещо кралицата на феите, тя му правеше знак да мълчи. Първоначално Саранг видя две феи, Ужасяващата фея и Ядосаната фея. Кралицата на феите здраво хваща ръката на Саранг и го отвежда от тях. Там той срещна много добросърдечни феи.

Кралицата на феите каза на момчето: „Саранг, виж. Всички те са добри феи. Те наистина помагат на всички онези, които извършват благородни дела.“

Саранг беше много щастлив да се скита тук и там из приказната страна. Никога преди не беше ходил в страната на приказките. Той попитал кралицата на феите: „Мога ли да остана тук в приказната страна завинаги?“

Като чу това, кралицата на феите се усмихна и оттовори: „Не, Саранг, скъпа моя. Не можеш да останеш тук. Приказната страна не е създадена за хора. Това е просто място за феи.

Саранг се почувства тъжен по това време. Той много искаше да остане в приказната страна. Виждайки, че е разстроен, кралицата на феите му каза: „Не бъди тъжен, Саранг. Можете да посетите приказната страна отново, когато пожелаете."

Саранг е много щастлив да чуе това. Кралицата на феите продължи: „Ако всички хора започнат да живеят в приказната страна, тя ще стане пренаселена и броят на ужасяващите и ядосани феи най-вероятно ще се увеличи. Тогава никой не би искал да живее тук. Добрите феи биха искали да избягат от това място. Саранг е много изненадан. Кралицата на феите размахва пръчката си във въздуха и моли Саранг да си пожелае нещо.

Саранг иска да стане разказвач. Кралицата на феите го благослови с тази привилегия.

Саранг изрази желанието си да посети отново страната на феите. Този път кралицата на феите не каза нищо. Тя се усмихва и нежно докосва главата на Саранг с пръчката си. Саранг се срина на земята. Когато отваря очи, разбира, че е мечтал за приказна страна. Беше щастлив да си спомни всичко, за което мечтаеше. След няколко дни Саранг забрави мечтата си за приказната страна.

Саранг учи в първия клас в училище. Научи се да конструира изречения. Един ден, докато си пишеше домашното на хинди, той се сети да напише разказ. Той грабва дневника на майка си и бързо взема молив, за да започне да пише историята.

Той написа историята по следния начин. Заглавието беше „**Мъдростта на Сохан**".

В едно село живеел богат човек на име Данирам. Той имаше син на име Сохан. Един ден Данирам трябваше да замине за спешна работа, оставяйки сина си Сохан у дома. Той помоли Сохан да заключи добре вратата и да не я отваря за външни лица.

Малко след като Данирам си тръгва, на вратата се чука. Сохан пита: „Кой е?" Непознатият отговори: „Аз съм приятел на Данирам." Сохан отваря вратата и с изненада открива двама натрапници вътре в къщата. Тогава той си спомни съвета на баща си, който го съветваше да бъде мъдър и търпелив в трудни моменти. Сохан видял един от натрапниците да насочва пистолет към него.

Сохан бързо измисли план. Той се извини да отиде до тоалетната. Когато се върна, той попита натрапниците: „Искате ли да пиете вода?" Когато казаха „да", той донесе вода. След като изпиха тази вода, натрапниците загубиха съзнание и се сринаха на земята. Без да знаят натрапниците, Сохан беше добавил приспивателно към водата, която сервира. Те го изпиха и изпаднаха в безсъзнание. Сохана веднага се обадила в полицията и ги информирала за присъствието на натрапниците. Пристигналата полиция задържа престъпниците. Дотогава баща му Данирам също се беше върнал у дома. Полицията високо оцени интелигентността на Сохан и му даде награда. Бащата на Сохан го обичаше много.

Саранг показа тази история на майка си, която беше много щастлива. Тя насърчи Саранг да пише повече истории.

Докато Саранг расте, той става все по-креативен. Един ден в училище се проведе състезание по писане на приказки. Sarang също участва в това състезание и получи наградата. Всички учители го благославяха. Майка му много го обичаше.

Когато Саранг заспа тази нощ, той отново сънуваше приказната страна. Кралицата на феите много го обичаше и благославяше. Отново се скитаха сред феите.

Златният лебед

Имало едно време в едно село живял мъж на име Будхуа. По професия е бил тъкач. Тъкаше дрехи и ги продаваше на пазара. Работеше усърдно от сутрин до вечер, цял ден тъчеше. Въпреки тежката си работа той беше много беден. Независимо от това, за него беше възможно да свързва двата края.

В семейството му имаше само двама членове. До него беше старата му майка, която живееше у дома. Майка му беше много стара. Възрастта му ясно се вижда на лицето. Краката му почти висяха в гроба. Тя постоянно се тревожеше за единствения си син.

„Как Будхуа ще преживее смъртта ми? Тя често мисли за това. „Няма да има кой да се грижи за него. Този страх дори нямаше да ми позволи да умра."

Искаше снаха, която да се грижи за сина й. Трябва да има кой да се грижи за него, когато тя умре.

За бедните изкарването на прехраната е основен проблем. Budhua не направи много пари. Приходите й едва стигат за оцеляването на майка и син.

„Когато Будхуа се ожени, ежедневните разходи ще се увеличат и той ще трябва да печели повече. Въпреки че любовта в сърцата на хората е това, което свързва всички членове на семейството. Дори тогава парите играят важна роля." Старата майка продължаваше да мисли ден и нощ. Тя също се молеше редовно на Бог, за да свършат мъките им много бързо.

Старата майка непрекъснато се тревожела, че може да дойде небесен ангел, да ожени сина й и да го направи проспериращ. В тези грижи и молитви минаваха дни, месеци и години.

Един ден боговете минавали покрай къщата на Будхуа. Те не можеха да бъдат разпознати като богове, тъй като бяха маскирани. Те забелязали състоянието на Будхуа и решили да го помолят за милостиня, като се престрували на аскети. Те стигат до прага на Будхуа и чукат на вратата. Старата майка отвори вратата и попита.

„Баба! Какво е?"

„Ама! Баба е гладна. Ако ни дадеш храна, децата ти ще бъдат благословени.

— Добре. С усмивка Амма влезе в къщата и донесе две чапати и малко зеленчуци. Тя ги даде на този Баба. Тя му даде и чаша вода. След като яде, Баба беше много доволен и щастлив. Той ми каза: "Амма, каквото искаш, поискай го."

Ама отговори: „Каквото и да поискам, ще дадеш ли? Не можете да откажете думата си.

„Можеш да попиташ всичко, Ама. Баба винаги държи на думата си.

Очите на старата жена бяха пълни със сълзи. Тя не можеше да ги скрие. Тя каза: „Бабо, искам да намеря подходящ човек за моя син Будхуа. Когато той се ожени и води проспериращ живот, аз ще отида в Божието обиталище с мир."

"Така да бъде." Като каза това, Баба тръгна.

Една вечер, когато слънцето се е върнало у дома и нощта бавно започва да разпръсква мрак навсякъде. Сребърната луна се появи на небето и започна да свети. В полунощ всички спяха. В къщата на старата жена внезапно се появи лебед. Никой не забеляза присъствието му. Той влезе

мълчаливо в стаята, където Будхуа тъчеше плат върху конците. Перата на лебеда блестяха в много ярка златиста светлина. Щом лебедът влезе в стаята, вратата се затвори сама.

Лебедът започна да плете мрежата с цветните нишки, които вече бяха там. Той работи усърдно цяла нощ. Точно преди първите утринни лъчи лебедът изчезна, оставяйки изплетената мрежа зад себе си.

Будхуа се събуди както обикновено на следващата сутрин. След като завърши сутрешната си рутина, той се приготви за работа. Веднага щом влезе в стаята си, видя нещо невероятно. Там намира изключително мека и красива материя, с копринени отблясъци. Чудеше се откъде идва този плат. Сигурно е, че предния ден не е била там. Когато не получи отговор, отидохме при майка му, за да разберем какво става.

„Майко! майка ! Кога си изтъкал толкова красив плат?“

„О, Будхуа! Моят син. майтапиш ли се Малко си прост все пак. Отдавна не съм тъкала платове. Господи, изминаха години, откакто тъках. Кажи ми какво ти е на ум."

„Майко, в стаята ми има красив плат. Мислех, че си свършил работата. – отвърна Будхуа.

„Къде е той? Да видим какво ще стане. Не мога да повярвам." Майка му също е изненадана.

— Ела с мен. Хващайки майка си за ръка, той тръгва към стаята си.

„Ето го. Сега виждате. Лъжец ли съм?“

Възрастната дама не можеше да повярва на очите си. Синът продължи.

„Виж това, мамо! Не е ли красиво? Виждали ли сте някога такава красива тъкан? Мислех, че може би си го изтъкал, затова попитах.

„О, да! Наистина е много красива материя. Освен това е тънък и мек. Budhua, сигурно си го забравил, след като си го изтъкал? Ако не, кой друг има? Няма никой освен теб и мен у дома. Тогава тя започна да гледа лицето му.

„Майко, знам, че не съм много интелигентен. Но имам остра памет. Помня нещата добре. Той оттовори.

„Будуа може да е малко прост, но той не е толкова забравителен, че да не може да си спомни какво е изтъкал и какво не е изтъкал. Майката разбра това.

„Мога ли да го занеса на пазара и да го продам?" Budhua имаше брилянтна идея в ума.

Той разказва на майка си за идеята си. „Разбира се, сине мой. Трябва да си тръгваш. Бог оттовори на молитвите ми и ни помогна в тайна." Тя отвърна. „Той е този, който помага на всички.

Будхуа отиде на пазара и продаде плата. Той получи висока цена за това. Будхуа се върна у дома вечерта. По пътя си купи хранителни продукти. Когато той показа печалбата на майка си, очите й се разшириха от изумление. И двамата хапнаха обилно и заспаха.

Същото нещо се повтори няколко пъти тази нощ. Появи се златен лебед, излъчващ златна светлина, и изчезна преди изгрев слънце. Отново никой не го видя. Тъканите, които лежаха там, отново събудиха въпросите на членовете на семейството. Всеки ден се случваше едно и също. Тогава Будхуа беше любопитен и реши да разбере причината и човека, който им помагаше по такъв таен начин.

Той реши да разбере истината. Този ден той отново отиде на пазара и продаде тази красива копринена тъкан на висока цена.

Будхуа и майка му бяха много щастливи, че могат редовно да ядат вкусна храна. Денят бавно се превърна в нощ и моментът, който Будхуа чакаше, настъпи.

Нямаше търпение мистерията да бъде разкрита. Старицата спеше, а синът чакаше да види мистериозния помощник. Изведнъж златна светлина се разпространи наоколо.

„О! Какъв тип светлина е? Сънувам ли?" Разтрива очи. Когато отвори очи, видя нещо невероятно. В стаята му безшумно влезе златен лебед.

„О, какво е това? Златен лебед? Очите на Будхуа се разшириха от изненада. Той отново потърка очи, за да изясни объркването. Той възкликва: „Наистина е златен лебед! Златен лебед с толкова красиви златни пера! Никога през живота си не съм виждал толкова красив лебед." Той възкликва от радост.

„Каква красива златна светлина се излъчва от крилете му?"

„Будуа не можа да сдържи любопитството си. Той последва лебеда. Веднага щом влезе в стаята, вратата автоматично се заключва отвътре. Не можа да влезе в стаята. Можеше само да гледа през прозореца. Това, което вижда там, го оставя без думи. Как може лебед да плете мрежа? Накрая губи търпение. Изведнъж лебедът изчезва. Там вместо лебеда се появи младо момиче. Будхуа наруши мълчанието. Той я пита: „Коя си ти? какво правиш тук Как дойде тук? Разкажи ми за себе си.

Момичето оттовори: „Казвам се Хансика. Аз съм сама в света. Бях прокълнат от един светец, защото отказах да му дам чаша вода. В този момент се превърнах в лебед."

„Сега съм свободна от проклятието", продължи Хансика. По време на разговорите им се присъедини и майката.

Тогава Будуа я попита: „Ще се омъжиш ли за мен?"

С одобрението на Хансика и нейната майка, Будхуа се жени за Хансика. Hansika и Budhua работиха усилено заедно, за да тъкат платове и да ги продават на пазара на високи цени. Излишно е да казвам, че дните на Будхуа са се променили към по-добро. И така, с благословиите на мъдреца, животът на майката на Будхуа също станал щастлив.

История на люлката

Преди много време живяла бедна жена на име Бхарати. Говори се, че бедността бавно навлиза в живота му. Имаше време, когато тя живееше като кралица. Съпругът й притежаваше голям бизнес. Въпреки това, поради някои обстоятелства, времената се промениха и той трябваше да понесе голяма загуба в бизнеса си. Те имаха малко семейство от трима души. Съпруг, съпруга и очарователно момиченце. Независимо от това, те бяха  решени да се справят с негативните обстоятелства по положителен начин. Когато човек започна да създава нов бизнес, му трябваше време, за да достигне висоти. Бхарати показа много търпение и надежда. Тя имаше пълна вяра в Бог. Когато имаха късмета да бъдат здрави и богати, те бяха много добри към бедните и нуждаещите се. Те знаеха, че лошите времена ще отминат, когато добрите времена се върнат. Бхарати се посвещава изцяло на образованието на дъщеря им. Тя беше решена да предложи по-добър живот на това малко същество. Понякога тя нямаше пари в себе си. Винаги, когато имала нужда от пари, за да издържа дъщеря си, тя продавала стари предмети, които са им били подарени от техните предци. С този доход тя задоволява всички нужди на дъщеря си. С течение на времето дъщеря й порасна и беше готова да ходи на училище. Естествено, оттоворност на родителите е да осигурят добро образование на децата си. Това е нова поредица от оттоворности, които я очакват. Ситуацията изглежда трудна и решенията може да изискват значителни жертви.

Един ден, докато мислеха как да управляват финансовото си състояние, Бхарати забеляза стара дървена люлка в къщата си.

„Може да е ценно." помисли си тя. „Мисля, че принадлежи на нашите предци." Тя е малко изгубена. Кого да попита и как да реши, продължи да мисли тя два дни. Съпругът й беше в командировка. Като нямала друг избор, тя решила да продаде старата родова люлка. Не искала да я продава, защото люлката била много ценна и стара. Децата на няколко поколения от семейството му го използваха от незапомнени времена.

„И сега беше ред на дъщеря ми. Тя също го използваше много. Беше красиво легло за нея, а също и място за игра. Беше като скута на майка в нейно отсъствие. Днес трябва да го продам. Не съм доволен от решението си. о боже! Моля, прости ми, защото аз само изпълних дълга си."

Родовата люлка е ценно наследство, предавано от поколение на поколение. Въпреки че не желаеше да го продаде поради неговата сантиментална и историческа стойност, Бхарати се почувства принудена да го направи за образованието на дъщеря си.

Тя решава да пусне обява за продажба на дървената люлка. Една щедра дама, Арти, която планираше да купи креватче за дъщеря си, видя рекламата и се свърза с Бхарати. Тя хареса креватчето и го купи, давайки на Бхарати доларите, необходими за задоволяване на образователните нужди на дъщеря й. Бхарати се върна у дома щастлива, купи всички необходими неща и изпрати дъщеря си на училище.

Арти, който беше купил люлката, след известно време разбра, че тя е доста стара, въпреки здравината и красотата си. Обмисляла обаче да го продаде, за да купи нов за детето си. Скоро наблизо се провежда търг на антики. Арти реши да продаде люлката на търг. За нейна изненада наддаването за креватчето беше много по-високо от очакваното. Сумата, която е получила, е значително повече от това, което е платила на Бхарати. След това тя си спомня предишния собственик на люлката, Бхарати, който беше толкова беден, че трябваше да продаде люлката на предците си, за да осигури прехраната на дъщеря си. Тя намери данните за контакт на Бхарати и веднага се свърза с нея.

Арти беше изумен да научи за финансовите затруднения на Бхарати и причината да продаде креватчето. Трогнат от историята на Бхарати, Арти взе решение. Тя се обажда на Бхарати и я информира, че ще сподели половината от сумата на търга с нея. Бхарати е преизпълнен с благодарност към Арти. Тя й благодари много. Сега тя разполагаше с толкова много пари, че след задоволяването на всички нужди, свързани с образованието на дъщеря й, те нямаше да бъдат изчерпани с години. Накрая Арти прегърна Бхарати и каза: „Тази люлка винаги е била твоя и ти имаш същото право на тези пари като мен. Много се радвам, че успях да помогна на истинския собственик на креватчето." Бхарати му благодари много пъти.

Доволен, че е свършила добре работата, Арти също се прибира у дома. Тя осъзна, че радостта от даването и споделянето винаги е по-голяма от тази от получаването.

Изобретението на Veeru

Имало едно време гора, наречена Канджаван. Мечката Бхолу и семейството му живееха там. Много други животни също живееха в тази гора. Шеру, лъвът, беше царят на джунглата. Той се разхождал в джунглата със семейството си през целия ден и спял в пещерата си през нощта. В джунглата имаше бдителен жираф на име Гуну, който благодарение на дългия си врат можеше да забележи опасностите от разстояние. Слонът Аппу беше бял като сняг. Той беше толкова красив, че можеше да се състезава с прочутия небесен слон на име Айрават. Ето как гората на име Kanjakvan винаги е имала щастлива среда. Някъде чуваме сладки гласове на птици, които чуруликат през деня. Летяха весело от дърво на дърво и наоколо. Някои от тях бяха направили гнездата си по дърветата. Постоянното им бърборене допринасяше за радостта на джунглата; самото им присъствие направи джунглата жива. Имаше и Мантара, лисицата, и Ману, маймуната, които със своята интелигентност и пакостливост поддържаха весела атмосфера. Други животни живееха в канджакваните, давайки пример за любов, братство и единство.

Едно нещо обаче липсваше на Канджаван. Нямаше лесно достъпен източник на питейна вода, тоест годна за консумация. В Канджаван нямало езера и кладенци. Преди това е имало езерце, което е пресъхнало от големите летни жеги. Отдавна облаците не бяха пръскали водата. Изглеждаше, че са стачкували по една или друга причина. Когато хората от Канджакван бяха жадни, те трябваше да отидат в Чампакван, близката джунгла. Хората от Канджакван издържаха суровия си и безплоден живот с чувство на приемане, виждайки това като своя съдба.

Една поговорка казва, че съдбата не е по-голяма от действието. Действията, предприети в правилната посока, имат силата да променят съдбата. Бог да помага на тези, които сами си помагат. Младото поколение на Канджаван не е останало безучастно. Те непрекъснато работят за решаване на проблема с недостига на вода. Техните усилия се състоеха в това да осигурят питейна вода възможно най-близо, за да направят живота на тези хора малко по-лесен. Сред младите хора имаше научна група, която непрекъснато се опитваше да направи нещо ново. Членовете на тази група бяха много интелигентни и се стремяха да създадат нещо ново, полезно и интересно. Те учеха за технологичния напредък на времето. Веру, лидерът на тази група, беше най-големият син на маймуната Ману. Учи в десети клас. Времето, което му остава след редовното обучение, той посвещава изцяло на изследователската си работа. Беше се превърнал в лабораторен плъх, за да постигне целта си. Veeru проведе няколко експеримента. Той искаше възможно най-бързо да намери решение на проблема с недостига на вода. Така че питейната вода да е достъпна за всички.

В крайна сметка упоритата работа на Veeru и неговия екип се отплати и те намериха решение.

Решението беше „Чапакал", което означава ръчна помпа. В този случай много дълга тръба е заровена дълбоко в земята. След това с помощта на бутало, клапан и лост. Водата се извежда от дълбините на почвата на повърхността. Смелите млади хора от Канджакван изобретяват тази технология и я прилагат при направата на „Чапакал". Бяха инсталирали „Чапакал" и той работеше. Водата започна да излиза от земята. Водата беше много чиста и вкусна. Младежите от Канджаван демонстрираха чудото. Благодарение на техния труд мечтата им се сбъдна. Чистата вода стана достъпна с относително малко усилия в околността.

Вълна от радост завладя целия Канджаван. Всички животни се пръскаха от щастие. Трудностите в живота им донякъде намаляха. Отсега нататък децата вече няма да страдат от жажда и жените вече няма да трябва да носят вода от далечни джунгли. Изливане от радост се разпространи в джунглата, Kanjakvan.

Един ден съветът на старейшините на канякванчани свиква събрание. Целта на тази среща беше да се почете младият екип от учени, които с безпрецедентна всеотдайност и упорит труд работиха върху наличието на вода в джунглата. Това усилие наистина заслужаваше да бъде признато. Те пожертваха личния си комфорт и предложиха нов живот на всички. Благоприятен ден беше решен на срещата за церемонията по награждаването, която трябваше да бъде грандиозен празник.

Под голямото баняново дърво имаше красиво украсена голяма сцена. Отговорността за управлението на програмата беше дадена на слона Аппу, който пое управлението с микрофон в ръка. На събитието присъстваха всички канякванчани, които заеха местата си на столовете. Veeru, представителят на младия научен екип, ръководи работата. Когато името на Veeru беше извикано да получи наградата, цялата публика го поздрави с аплодисменти. Слонът Аппу го вдига на гръб и обикаля сцената. Аплодисментите отекнаха в гората. Събитието завърши успешно с културна програма и раздаване на прасад. В очите на маймуната Ману напират сълзи на радост и лицето му грее в победоносна усмивка. В края на краищата Вийру беше негов син и днес беше почитан. Днес той съжалява, че се е карал на Виру като дете и го е дразнел по време на обучението му. Когато Виру слезе от подиума с медала, той отиде право при баща си и се поклони, за да докосне краката му. Но маймуната Ману не пропусна тази възможност. Той се придвижи напред, за да вземе сина си на ръце. Новото изобретение, което направи, засили гордостта му.

Пълнител за ръчна помпа

Животът на жителите на Kanjakvan стана малко по-лесен благодарение на достъпа до вода. Сега вече не е нужно да носят всяка кофа вода от Чампакван, техния съсед. Всички горски обитатели похвалиха Ману Виру и живяха щастливо години наред. Виру беше издържал изпитите си за дванадесети клас с отлични оценки.

Един ден канякванчани се събрали. Те поздравиха своите деца за отличните резултати на изпитите, които бяха основната точка в дневния ред на срещата. Единодушно беше решено следващата неделя да се организира голямо парти в Канджаван, където да се съберат всички животни и техните семейства. По време на партито те планираха да обсъдят бъдещите образователни планове на децата си.

В неделя край най-големия банян бяха поставени столове. Малко по-нататък имаше маси за храна и подредби за вода. Изведнъж всички забелязват, че жирафът Шимпу люлее дългия си врат, докато се опитва да каже нещо. Никой обаче не можа да разбере какво иска да каже. Партито още не е започнало. Храната се приготвяше в близкия парк. Ароматът на ястията ускорява глада на госта. Всички бяха гладни и очакваха с нетърпение вкусната храна. Погледите им се насочиха към масите, които скоро щяха да бъдат отрупани с разнообразни ястия. Докато чакаха, няколко души крачеха напред-назад. Някои търпеливо седяха на столовете. Децата танцуваха под звука на диджея

Чимпу, жирафът, многократно се опитваше да каже нещо. Никой не му обърна внимание заради шума. Освен това Чимпу не можеше да говори ясно. След известно време слонът Аппу го забеляза, повика го нежно и попита: „Шимпу, какво те притеснява? От доста време се опитваш да кажеш нещо. Кажи ми, какво има?"

„Апу дядо! Вижте, ръчната помпа не работи? Това ще създаде проблеми. Това няма ли да развали цялото забавление на партито?" Шимпу успя да изрази загрижеността си, задъхан.

Слонът Аппу го успокоява, като казва: „Шимпу, скъпи! не се притеснявай Както и да е, ще намерим решение на този проблем. Ела с мен."

Жирафът Чимпу и слонът Аппу тръгнаха към ръчната помпа. Когато пристигнаха, видяха Маймуната Ману да стои там със сина си Виру. Вееру управляваше ръчната помпа, а Ману пиеше вода.

Виждайки това, очите на Шимпу се разшириха от изумление. Когато Аппу го поглежда въпросително, Чимпу заеква и казва: „Не, не, казвам истината. Когато пуснах ръчната помпа по-рано, нямах вода. Ето защо дойдох да ви информирам.

 Вееру го утешава: „Шимпу, прав си. Вярно е, че ръчната помпа не подаваше вода преди няколко минути. Дори когато го запалих, водата не изтече веднага. Но знаех къде да намеря купона за пълнене на ръчната помпа. Чрез наливане на малко вода в маркуча с помощта на чаша или чаша и непрекъснато натискане на дръжката, маркучът се презарежда. След това отново започва да подава вода. Направих същото и сега можете да видите, че работи. Трябва да се тревожите, ако се сблъскате със същия проблем в бъдеще. Просто приложете същия трик и го напълнете отново с чаша вода.

Всички животни бяха много доволни от присъствието на духа на Veeru. Шимпу изръкопляска и започна да се смее. Сега всички се наслаждаваха на партито.

Ден на шампиона

Шитал и Съни бяха братя и сестри. Между двамата имаше осем години разлика във възрастта. Шийтал беше най-голямото дете сред родителите си, докато Съни дойде в семейството осем години след Шийтал. Тази история започна, когато Съни беше на три години, а Шийтал беше на единадесет години. Шийтъл твърде много обичаше брат си. Тя също се грижеше за него, следвайки инструкциите на родителите си. Тъй като Съни не беше пълнолетно дете, той не можеше да играе всички игри, които тя обичаше. Той имаше свои собствени игри. Така че Sheetal се нуждаеше от друг партньор, който да играе с нея.

Баща му Венкатеш намери решение на проблема си. Той правеше компания на дъщеря си, като ставаше приятел с нея. Кара я да си пише домашните, води я на разходка и си играе с нея. Шитал играеше с приятелите си в училище и се наслаждаваше на компанията на приятелите си в квартала. Най-много й харесва обаче да играе с баща си.

В неделя Шитал и баща й играеха шах. Майката на Шийтал, Радхика, остана заета с домакински задължения или работа в офиса. Когато имаше свободно време, трябваше да се грижи за сина си и да го учи на нови неща.

Татко обичаше да играе шах. Той започва да обучава дъщеря си в играта, когато тя е на шест години. Децата като цяло са с бърз ум. Те научават нови неща по-бързо от възрастните. Шийтал също бързо се научи да украсява шахматната дъска с пешките и да овладява правилните ходове. Венкатеш мечтаеше дъщеря му да стане шампион по шах като великия Вишванатан Ананд. Въпреки че беше много зает, той никога не пропускаше часовете по шах, за да тренира дъщеря си.

Когато бащата и дъщерята седнаха от другата страна на шахматната дъска, изглеждаше, че ще играят. Вместо това те се озоваха на бойно поле, където всеки отбор е решен да спечели. Понякога татко пленяваше коня на Шийтал, а друг път нейните пешки. Понякога той я предупреждаваше, като казваше: „Виж, Шийтал, твоята кралица я няма." Тогава Шитал започна да плаче: „Татко!"

След известно време татко казваше: „Шийтал, твоят крал е под контрол. И след това мат." Тогава тя се ядоса. Тя показа гнева си, като обърна цялата шахматна дъска.

„Сега няма да си играя с теб. Ти ме мамиш в играта. Няма да говоря повече с теб."

Всъщност Шийтал имаше силно отвращение към поражението. Независимо дали ставаше дума за учене или игри, тя искаше само победи в нейната роля. В играта на шах обаче тя все още не е много добра и често среща трудности при победите. Татко беше отличен шахматист. Шитал нямаше други приятели, които да играят шах с нея. Тя често губеше от баща си. Мама беше заета, Съни беше твърде малка и трябваше да играе с баща си.

Една неделя бащата каза: „Шийтъл, ела. да играем Донесете шахматната дъска и фигурите.

Шийтал изобщо не се интересуваше. Тя отказва: „Не, татко. Не съм в настроение да играя."

„О! Скъпа моя, какво стана? хайде хайде побързайте Ще се забавлявате много - настоя той.

„Не, татко. Имам много домашна работа.”

„Хайде, скъпа моя. Днес е почивен ден. Можеш да си напишеш домашното по-късно.”

Оказа се, че работата от вкъщи не е проблем. Проблемът е същият. Едно момиче, което винаги е обичало да бъде победител, все още не е станало такъв експерт в победата в играта с баща си. Тя не обичаше да губи и баща й не й позволяваше да печели, когато играеше с него. Когато отец Венктеш продължи да настоява да играе, тя каза: „Не искам да играя с теб, защото знам, че този път няма да спечеля отново." Докато каза това, тя обърна лицето си настрани.

„О! Мило мое дете, не се ядосвай. Бащата се опитваше да угоди на дъщеря си. Понякога, когато децата са разстроени, те изглеждат толкова сладки, като Шийтал. Баща й трябваше да положи много усилия, за да я развесели и подготви за игра.

„Ти си моята смела дъщеря. Никога не се отказвайте, преди да играете, защото играта е първата стъпка към победата."
Тази идея изникна в ума й и тя се приготви да играе.

Това се нарича спортсменство. Независимо дали е игра или живот, трябва да се съсредоточите върху ролята си, да се подготвите и да дадете най-доброто от себе си. Никога не се страхувайте от резултата.

После започна да мърмори: „И мен ме е страх да не загубя".

Като чу това, на лицето на Шийтал се появи усмивка. Тя вече не се тревожи за резултата. След това играта започна.

„Когато бях малък, си играех с дядо ти. И аз плаках, когато загубих, точно като теб. Тогава дядо ти ми каза: „Слушай, Венкатеш! Помислете да победите учителя си. Учете се от грешките си и се подгответе за победа. Един ден ще бъдеш шампион," продължава Венкатеш, докато играе.

След това, като се обърна към кухнята, извика жена си: „Слушай, Радхика! Къде е нашата публика? Имаме нужда от тях, за да създадем щастлива среда, която позволява на играчите да се представят по най-добрия начин. Ела да седнеш при нас. Мачът сега ще започне.

Скоро двама гиганти играят шах. Шитал и баща й бяха играчите. Присъстваха майка му и брат му. Те продължиха да насърчават играчите от време на време.

Шийтал беше много щастлив и каза: „Ела, татко. Този път ще те победя.”

Татко постави шахматната дъска и разпръсна фигурите върху нея. Той попита: „Кажи ми, ще играеш ли черно или бяло?“

"бяло".

Венкатеш и Шитал подредиха шахматните фигури на дъската.

Те подредиха всички части в ред. В първия ред те поставят топа в първото поле, коня във второто, епископа в третото, царицата в четвъртото, краля в петото, камилата в шестото, коня в седмото и кулата в осмия“. Татко подреди всички фигури от своята страна, а Шийтал от нейната. Тя имаше всичките си фигури, поставени в един ред отстрани. След това бащата й помогнал да подреди другите стаи. Играта започва и броят на заловените фигури бързо се увеличава на бойното поле.

Вниманието на татко беше постоянно фокусирано върху емоциите, изписани на лицето на Шийтъл.

Играта беше доста интересна. Шийтал изръкопляска силно, когато усети, че баща му ще загуби мача. Тя извика: "Мамо, този път ще спечеля."

Тогава мама потупваше Шийтал по гърба, а татко се преструваше, че плаче.

Съни и мама продължиха да повишават морала на играчите, като непрекъснато ги аплодираха. В този момент татко усети, че Шийтал започва да се изнервя. Така че бащата умишлено започна да губи и този път остави дъщеря си да спечели, като положи съзнателни усилия. Шитал беше много щастлива от първата си победа в шаха.

Мама каза: „Хайде, побързай, бързо събери играта и отивай на масата за хранене за обяд.“

След това всички се отправиха към масата за обяд.

Ето как, играейки и забавлявайки се, Шитал навърши единадесет. Упоритият труд на Венкатеш се отплати. През последните пет години тя се представи отлично в играта на шах. Участвала е в няколко турнира в своя град и област, като е постигнала множество победи.

И днес имаше турнир по шах, в който Шитал спечели златен медал. Всички членове на семейството се включиха в церемонията, откъдето се прибраха с медала. Венкатеш се чувстваше особено късметлия днес. Той каза на жена си Радхика: „Помниш ли онзи ден, когато нашият Шитал се роди и майка ми ти се подиграваше, че си родила момиче? Онзи ден реших да я направя толкова способна, че да донесе чест на нашето фамилно име. Днес, ако майка ми беше още жива, щеше да се гордее с нашата скъпа внучка."

Радика кимва. Сега тя погледна към небето и благодари на небесните богове за всичко хубаво в живота им.

Цветната дъга на **Bholu**

Бхолу негодникът

Имало едно време едно момче на име Бхолу. Беше много сладко, красиво и закръглено десеттодишно момче. Бхолу беше малко палав и палав, но също така и интелигентен. Родителите на Бхолу и всички членове на семейството му го обичаха много.

Bholu изобщо не обичаше да ходи на училище. Но родителите й не й позволиха да остане вкъщи в учебните дни. Въпреки че му казаха важността на образованието, той също искаше да учи. Но не можа да се съсредоточи върху обучението си за дълго. Каквото и да са учили учителите му в клас, той не можеше

научи много.

Той погледна към учителя за момент, след това наведе глава и седна тихо. За да не се страхуват да бъдат

Когато го питаха, той често се опитваше да погледне в друга посока.

Един ден Бхолу отиде на училище. Неговият учител по природни науки обяви на класа: „Деца, утре ще дам на класа тест. Всички трябва да прочетете внимателно главата и да се подготвите.“ Всички деца кимнаха. Когато Bholu се върна у дома, той започна да играе. Той забрави, че трябва да се подготви за теста. След края на мача той се забавляваше, гледаше телевизия и заспа. На сутринта, докато се приготвяше за училище, той си спомни контролното.

„О! Яар Бхолу! какво ще правиш там Изобщо ли не си учил?“ Той си говореше сам.

„Трябва да намеря решение. В противен случай това ще бъде голям проблем за мен.”

Bholu си помисли да си вземе почивен ден от училище този ден. Тъй като не беше учил за теста, порицанието беше неизбежно. Тогава му хрумна идеята. Той реши да изпробва тази идея.

„Мамо, мамо“, извика Бхолу.

Майка му се втурва към него.

„Какво има? Не се ли приготвяш за училище? Училищният ти автобус трябва да пристигне скоро“, пита го майка му.

„Не, мамо. не мога да ходя на училище

„За какво? какво стана

„Мамо, стомахът ме боли много.“

Като чу това, майка й се разтревожи. Не можеше да го изпрати на училище в това състояние. Тя го помоли да напише молба за отпуск и да я даде на приятеля си. Уловката на Бхолу проработи. Беше много щастлив. Той направи както помоли майка му и започна да планира как да прекара деня. "Сега ще се забавлявам у дома." Бхолу се замисли.

Когато майка му беше близо до него, той се правеше на болен, но не можеше да го прави дълго.

Следобед беше гладен. Казва си, че майка му ще му донесе вкусна храна. Но той не успя в мисията си. Майка му се кара.

„Сине мой, когато си болен, не можеш да ядеш нищо. Вашият стомах също се нуждае от почивка. Просто вземете разтвор за орална рехидратация (ORS) днес. Вземете също това лекарство и си починете. Каквито и вкусни ястия да ви се ядат, можете да им се насладите друг ден. Оздравявай скоро.”

След като чу това, Бхолу започна да плаче. Имаше чувството, че е изплел мрежа за себе си, като паяк, и е хванат в нея. Той тайно обеща повече да не лъже и повече да не бяга от работа. Оттогава Бхолу става по-искрен в обучението си.

Проблемите на Бхолу

Един ден, в час по социални науки, учителят обяснява главата. Когато приключи, започна разговорът между учителката и децата. Тя започна да разпитва децата какви са техните стремежи. Bholu имаше идея. Притесняваше се какво ще каже на свой ред на учителя. Тогава удари звънецът и училището свърши. Всички деца се върнаха у дома. Бхолу влезе в училищния автобус. След като зае мястото си, той започна да се тревожи. Не знаеше какво ще стане като възрастен. Когато Бхолу слезе от автобуса, той стигна до спирката, която е най-близо до къщата му. Той тръгна към дома си. Видя един просяк, седнал край пътя. Бхолу се изплаши. След това си представя, че самият той е облечен в дрипи, вместо просяк, който моли за милостиня. Той обаче бързо се възстанови. Решил, че някак си ще успее да учи и да вземе уважавана работа, за да води уважаван живот. Поне не е готов да стане просяк. Бхолу се прибра, преоблече се и си легна, без да прави нищо друго.

Бхолу седеше в стаята за прегледи и се почесваше по главата. Той държеше въпросник в ръцете си и лист с оттовори на бюрото. Въпреки че прочете въпросите във въпросника, не можа да оттовори на нито един от тях. Чудейки се какво да прави, той започна да прелиства страниците на своя лист с оттовори. След кратък размисъл той започва да върти глава, за да види децата около себе си. Мислеше да попита някого, но и тук късметът го изневери. Никое дете не го погледна, но учителят го видя ясно. Тогава Бхолу е много уплашен. Реши да помоли профосора за помощ. Събрал смелост, той става от стола и се обръща към профосора.

„Сър, сър, обяснете ни значението на този въпрос“, каза той на учителя.

„Прегледът продължава. Удоволствие ли е? Направете го сами. Прочетете внимателно въпросите, разберете ги и напишете оттоворите сами на листа. Профосорът оттовори строго.

Бхолу поседя известно време и отново се приближи до учителя, повтаряйки същата молба. Въпреки че получи няколко отказа, когато Бхолу настоя, учителят му се скара силно и дори го удари по бузата. Бхолу нададе силен вик. Докато се опитва да седне отново, той пада на земята с трясък. Останалите деца в кабинета за прегледи избухнаха в смях от гледката.

„Болу, Болу, какво стана? Бхолу чу глас. Когато отвори очи, не намери никой до себе си.

Когато Бхолу чу гласа отново, той направи усилие да отвори очи и видя майка си да стои пред него. Тя се опитваше да стане. Тогава разбира, че сънува.

„Сине, не си ли гладен? Станете, измийте ръцете и лицето си. добави тя.

Бхолу си спомня съня, залата за изпити и въпросника.

„О, Боже мой! Беше ужасяващ сън. Мислех, че е истинско.

Оттогава Bholu приема сериозно обучението си и ги посещава редовно.

Национална птица паун

Един ден Бхолу си играел в двора на къщата си. Изведнъж той усеща няколко капки вода по лицето си.

„О, какво? Започна ли да вали?", помисли си той. Бхолу беше много щастлив. Постепенно дъждовните капки станаха по-тежки, а след това започна пороен дъжд. Веднага щом майката на Бхолу видя това, тя извика: „Бхолу, ела в стаята. В противен случай дъждовната вода ще навлажни дрехите ви. Може да страдаш от студа. Тя влезе в двора, за да повика сина си вътре. Тя вижда Бхолу да танцува под дъжда.

„Ела Бхолу. Спрете да се къпете. Вземете кърпа и се подсушете. Виж, дрехите ти са напълно напоени с вода. Идете да се преоблечете - нарежда тя.

„Не, мамо! сега няма да идвам Обичам да плувам под дъжда. Моля те, остави ме да остана тук още малко. Моля, моля, моля, добра моя майко. — умоли се Бхолу.

„Вземете си бърз душ и влезте вътре. Вече се бяхте изкъпали и на сутринта. Сега не трябва да се държиш като този син.

"Мамо, моля те." Бхолу отново попита майка си.

Майката е ядосана, защото Бхолу не я слуша. Все още се наслаждава на дъжда. Много пъти това се случва в домовете ни, когато възникнат различия между двамата, родителя и детето. Родителите се грижат децата им да не страдат така или иначе и децата искат да се наслаждават на живота по свой начин.

Бхолу се колебае, но не може да се противопоставя на заповедите на майка си твърде дълго. Той влезе в къщата, избърса се и облече новите си дрехи. Тогава майка му му носи чаша, пълна с горещо мляко. Бхолу изпи млякото и се почувства удобно.

Бащата на Бхолу също седеше в стаята. Бхолу седна до него. Започна да гледа навън. Изведнъж до носа им достига силна миризма на пържени пакори. Вниманието на Бхолу се насочва към кухнята, където майка му приготвя горещи пакори.

Бхолу отива в кухнята. Той обичаше да яде пакори. Майката го видяла и попитала: „Болу, искаш ли да ядеш пакори?“

Бхолу не оттовори. Той стоеше там, навел глава.

„Болу, майка ти те попита нещо. Оттовори ли?“

„Да, мамо. Ще взема малко. Бхолу оттовори.

„За какво си мислиш, сине мой? всичко наред ли е Звучи сякаш нещо те притеснява. "

„Да, мамо. прав си Пожелавам си нещо. Ще сбъднеш ли желанието ми? Чувала съм и съм виждала на снимки, че танцуващият паун е много красив. Искам да видя танцуващ паун в реалността", пита Бхолу.

През това време майка й приготви пакорите и изключи газовия котлон. След това започна да подрежда пакорите и соса в чиния.

„Болу, вярно е, че пауните са много красиви, когато танцуват. Това е и нашата национална птица. Освен това обичам да ги гледам как танцуват, защото тогава изглеждат толкова щастливи." Тя подаде малки чинии на Бхолу и каза: „Вземи тези чинии и иди там. Ще донеса чай и закуски. Ще поговорим за това след чай.

Бхолу отива към стаята, където седи баща му. Майка му го последва със закуски и чай. Беше вкусна закуска. На всички им беше приятно.

Накрая Бхолу каза: „Татко, имам да кажа нещо. Моля, изслушайте ме."

„Да, кажи ми, сине мой. Какво искаш?", пита баща му.

„Татко, виждал ли си някога пауните да танцуват? Чел съм много книги за това и също съм виждал снимки в книги по телевизията. Но в действителност никога не съм го виждал. Искам да видя истински танц на пауни, татко, моля те. — умоли се Бхолу.

„Болу, това не е голям въпрос. Можем да посетим зоопарка и да видим не само пауните, но и много други птици и животни." Това предложи баща му.

„Наистина ли, татко? Можете ли да видите танцуващ паун в зоопарка? Искам да я видя как танцува със собствените си очи." Бхолу настоява.

„Да, Бхолу. прав си За всеки е удоволствие да види танцуващ паун. Радостта от танца допринася за красотата му. Но рядко се вижда. Къде да намерите танцуващия паун? Нека помисля малко." Той продължи.

Изглежда трудно да сбъднеш желанието си в зоопарка. Като паун, никога не танцувай, когато има тълпа. Може да намерите такъв в джунглата. Сигурно сте чували поговорката "Кой е виждал паун да танцува в джунглата?" Тази поговорка съществува, защото паунът танцува в самота. Можете да го гледате, докато се криете на близко място. Обикновено отлита, ако усети, че има някой наблизо. Баща му обяснява.

„Наистина ли, татко? така ли е?" Казвайки това, Бхолу мълчеше. Стана му тъжно. Започна да се взира безизразно в пространството. Щеше да изгуби надежда някога да види сбъдването на желанието си да види танца на пауните.

Майка му разбира душевното състояние на Бхолу. Тя каза: „Болу, това е много трудна работа. Аз самият съм виждал пауни да танцуват само три или четири пъти досега? Наистина пауните рядко се виждат и да намерим танцуващ паун, имаме най-малък шанс... ".

Нивото на надежда на Bholu започна да се покачва отново.

„Наистина ли, мамо? Как и къде? Кажи ми!", пита Бхолу нетърпеливо.

„Чакай, ще ти кажа всичко. Когато пътуваме с автобус и минаваме през джунгла, понякога виждаме пауни да танцуват по пътя." Майка му обяснява.

"Добре!" Бхолу каза. Той се остави да бъде убеден. Беше щастлив да разбере, че все още има шанс желанието му да бъде изпълнено.

Бог беше много мил към Бхолу. Не му се наложи да чака дълго. Един ден Бхолу получи възможност да пътува. Той пътувал с автобус с родителите си, за да посети селото на баба си и дядо си. Автобусът минава до джунгла. Небето е облачно. Бхолу се беше молил на Бог сутринта тихо да изпълни желанието му.

Бхолу заемаше място до прозореца, както обикновено. Наслаждава се на гледката отвън. Изведнъж той възкликва от радост. Току-що видя паун да танцува пред прозореца. Не можеше да повярва на очите си.

„Какво стана, сине мой?"

„Мамо! татко! Току що видях красив паун! Той беше там!" Бхолу посочи в посоката, в която беше паунът. Но не можаха да го видят, защото автобусът беше тръгнал напред. След това, по време на пътуването си, той се радваше да види много други пауни, които се скитаха тук и там.

Бхолу беше възхитен. Желанието, което таеше от дълго време, най-накрая се сбъдна. Той благодари на Бог, че е чул молитвите му и им е оттоворил положително.

Лошият работник спори с инструментите си

Един ден Бхолу отиде на училище. Той седеше в класа си. Курсът по хинди е в ход. Учителят преподаваше. Тя каза: „Деца, днес ще ви науча на идиоми.“

Всички деца стават малко по-внимателни. Това беше нова тема за тях. Някои идиоми имат смисъл за Bholu, други не. Той каза: „Добре. Днес ще уча идиоми у дома. Ще помоля мама да ми помогне в това отношение.

На връщане Бхолу продължи да мисли за идиоматични изрази. Когато се прибрал вкъщи, заварил майка си да лежи на леглото и изпитвала силна болка в главата.

Притеснен, Бхолу я пита: „Мамо, взела ли си някакво лекарство?“ След като чу нейното „не“, Бхолу донесе лекарства и вода на майка си. Тя взе лекарството и се върна в леглото. След това Бхолу отиде в кухнята, за да намери нещо за ядене. Майка му го вика и го моли да направи сандвич с хляб, масло, краставица, домати и сос. Бхолу започва да прави сандвича.

„Мина около половин час, когато Бхолу влезе в кухнята.“ Майка му, любопитна от това забавяне, се чудеше какво прави той там досега. Приготвянето на сандвич отнема ли твърде много време?“ Тя става и отива в кухнята да види какво става. Тогава тя почувства известно облекчение от главоболието си.

За нейна изненада тя открива Бхолу, който упорито се опитва да нареже краставицата. Тя го помоли за ножа и краставицата, като каза: „Донеси ги тук, Бхолу. Бързо ще ти нарежа краставицата. Бхолу отговаря: „Мамо, този нож е твърде тъп. Отдавна се опитвам да нарежа краставицата, но не ми се получава“.
Без да каже нито дума в отговор, мама бързо наряза краставицата със същия нож. Бхолу се чувства смутен и започва да мърмори. Майка му му каза: „Болу, лошият работник спори с инструментите си. Тъй като не можехте да нарежете краставицата, обвинихте ножа. Вижте, ножът работи перфектно. Докато казва това, тя гледа Бхолу изпитателно. Бхолу започна да поглежда настрани. Тайно щастлив, той не може да сдържи радостта си и

започва да танцува. Той си каза: „Тъкмо си мислех да науча идиоми от мама, когато по време на разговора ни мама ми обясни един от тях. Сега вече ми стана ясно. Дори не съм говорил с него за това. Тя сама го знаеше. . Уау! Майка ми е гений. Учителят ми беше преподавал същия идиом в клас.“

Майка му бързо направи сандвич за Бхолу и го сервира. Ядеше го с удоволствие. Междувременно тя му направи млечен шейк. Той изпи целия млечен шейк на големи глътки. След това излязоха от кухнята и влязоха в стаята. Тогава Бхолу си спомня, че майка му е имала главоболие преди няколко минути.

Той попита: „Мамо, как се чувстваш сега?“

Тя оттовори: "По-добре от преди." Тя подава празната чаша на Бхолу и казва: „Моля те, Бхолу, иди и я остави в кухнята.“

Бхолу протяга ръка, но вниманието му е другаде; стъклото пада и се разбива на пода. Бхолу е изненадан.

„Сине, защо не държеше чашата правилно?“ пита мама.

Бхолу, чувствайки се виновен, оттовори: „Мамо, ти го изпусна, преди да мога да го държа.“ Той се опита да оправдае грешката си.

Майка му, изглеждаща бясна, го погледна и каза: „Болу, сега се сбъдва поговорката „гърнето нарича гърнето черно“. Не успя да хванеш чашата и казваш, че съм я изпуснал.

Бхолу започна да се чеше по главата, опитвайки се да разбере значението на фразата „саксията с рози“. Майка й стана от леглото и събра парчетата счупено стъкло от пода.

Научна изложба

Веднъж в училището на Бхолу щяха да организират научна изложба. Неговият учител по природни науки обяви на класа: „Ученици, всеки от вас трябва да създаде научен модел или проект. Училището ще организира научна изложба след четири дни. Всички трябва да донесете работещ модел или проект, който да ми покажете в рамките на два дни.“

Бхолу започва да се чувства съкрушен. Мислеше, че винаги има нов проблем, с който не иска да се изправя. И все пак трябваше да се изправи пред него. Той си каза: "Не знам какво да правя с този модел или как?" Пита съученик за съвет, но дори и другото дете изглежда в недоумение. Бхолу забелязва, че целият клас е зает да обсъжда и някои ученици наобикалят учителя, за да обменят идеи. В края на учебния ден Бхолу се върна у дома. Той отиде направо при майка си и каза: „Мамо, мамо, в нашето училище ще има научен панаир. Това ни каза нашият учител по природни науки. Бихте ли ми помогнали?"

„Разбира се, че ще го направя. Първо ми кажи какво искаш да направиш.

„Не знам. Дайте идея за работещ модел. Това каза моят учител.

„Добре. Ще ти подаря книга. Прочетете го и изберете каквото искате. Казвайки това, мама отваря рафта и вади книга за научни проекти. Бхолу беше много щастлив да го има. Той с нетърпение започна да го чете. Вярно е, че всяка трудна задача става лесна, когато е решена. Планирането, отдадеността, упоритата работа и ентусиазмът са необходимите инструменти. Той продължи да чете, но нищо не изглеждаше смислено. Проектите, които прочете, изглеждаха твърде трудни. Имаше чувството, че не може да постигне нито едно от тях. Изведнъж очите на Бхолу стигат до страница, където намира пълното описание на асансьор. Той намери отговорите на всичките си въпроси.

Бхолу отиде при майка си и й каза, че ще направи модел на асансьор. Майката на Бхолу, която беше инженер, беше щастлива да чуе избора му. Заедно те събраха всички материали, необходими за създаването на модела: голяма дъска от дърво, пирони, жици и макари. Използвайки тези материали, Бхолу и майка му създадоха модел на асансьор. Тогава Бхолу си спомня, че веднъж е получил комплект кукли като подарък за рожден ден.

„Защо не ги превърнем в пътници, които се качват и слизат в асансьора? Уау! Каква фантастична идея!“

Когато моделът на асансьора беше готов, той наистина проработи. Той демонстрира как работи един асансьор. Бхолу беше много щастлив. Той благодари от все сърце на майка си, че винаги му е помагала. Бхолу написа подробно описание, за да обясни как работи асансьорът му.

Когато се проведе научната изложба, сцената беше невероятна и уникална. Всички деца донесоха различни проекти/модели. Един ученик направи камбана за залавяне на крадци, друг демонстрира механизма на вулканично изригване. Един от тях се занимаваше с темата за замърсяването на околната среда, а друг направи клонинг на овца. Имаше много други проекти. Bholu също представи своя модел асансьор на изложението по най-добрия възможен начин. Когато дойде неговият ред, той подробно обясни как работи неговата система за повдигане.

Това е миниатюрна версия на асансьора, използван като алтернатива на стълбите в сградите. Всички учители и директорът похвалиха интелигентността и таланта на Bholu.

Цветната дъга на Bholu

Един ден Бхолу заспа следобед. Нямаше представа колко време е минало, докато спеше. Когато се събуди, слънцето вече беше залязло и вечерта беше настъпила. Щом се събуди, отива в зеленчуковата градина на къщата си. Имаше много овощни дървета, цветя и зеленчукови растения. Бхолу обичаше да прекарва времето си в градината. Но в този ден зеленината и цветовете бяха малко по-различни от обичайните. Всички растения сякаш се усмихват на Бхолу. Листата на всички растения изглеждаха лъскави, а цветята цъфтяха щастливо. Слънчогледовите листенца се люлееха енергично, сякаш го приветстваха.

„Хей! Има ли нещо специално днес?", каза си Холу.

Изведнъж очите на Бхолу са привлечени към небето без видима причина.

„Майко! майка ! до скоро Вижте, в небето има дъга. Мамо, ела бързо!" Бхолу не можа да сдържи радостта си. Никога не беше виждал толкова красива дъга. Радостта му беше ясна в гласа му. Майка му, чувайки гласа на Бхолу в къщата, го потърси и излезе.

„Какво стана, Бхолу?

„Мамо! Погледни там горе, дъгата. Бхолу посочва небето ентусиазирано.

„О, уау!" Майка му също гледа към небето с радост.

„Мамо! Толкова е красиво. Защо дъгата не се появява всеки ден?", пита Бхолу невинно.

„Сине, дъгата се образува при определени специфични условия, след като дъждът спре. Това е, когато се вижда в небето. Ела, Бхолу, да седнем тук и да поговорим по-нататък."
Те седнаха на една пейка в градината. Майка му обяснява: „Бялата светлина се състои от седем цвята. Въпреки че при нормални условия изглежда бяло, при специални обстоятелства се разделя на седем цвята. Предлага се под формата на лента от седем цвята в определен модел. Изглежда наистина красиво и се нарича дъга. Можете също така да наблюдавате такива цветови модели във вашата лаборатория по физика с помощта на призма. Вашият учител може да ви помогне в това отношение.

„Мамо, не разбирам. Коя призма в небето разделя светлината на седем цвята?", пита Бхолу много невинно.

„Болу, зададохте много интелигентен въпрос днес. Вижте, когато има силен дъжд за продължителен период от време, в атмосферата се образува слой вода. Дори когато дъждът спре и слънцето отново се вижда, този слой остава на мястото си за известно време. Този слой, съставен от водни капчици, действа като призма. Когато слънчевата светлина преминава през него, тя се пречупва и се разделя на седем цвята в определен ред, създавайки красива и пленителна дъга в небето.

Bholu намери информацията, дадена от майка му, наистина завладяваща. Един слънчев ден, докато седеше в двора и си пишеше домашните с химикал Reynolds в ръка, той видя подобен модел от седем цвята, който изглеждаше точно като дъгата, която беше видял по-рано в небето. Беше възхитен и се замисли.

„Сънувам ли? Това не е ли малка дъга тук в бележника ми? Какво направи възможно да тренирам тук?“

След това вниманието му се пренасочва към писалката Reynolds, която държи в ръката си.

„Добре. сега разбирам Прозрачното тяло на тази писалка Reynolds е станало като призма. Това е мястото, където бялата светлина на преминаващото слънце се разделя на седем цвята. Ето защо мога да видя малка дъга на моето копие. Да, това е малка дъга. Малката дъга на Bholu. Мислейки това, Бхолу не можа да се сдържи. Bholu продължава да си играе с малката си цветна дъга и се забавлява много. След това избяга, за да разкаже на майка си за новия си научен експеримент.

Продавачът на сладолед

лято е Всеки ден пред портата на училище Bholu стои продавач на сладолед. Бхолу го вижда всеки ден. Бхолу иска да извади малко пари от джоба си и бързо да купи любимия си сладолед. Но той никога няма пари в джоба си. Много деца от училище Bholu купуват сладолед от продавача всеки ден. Bholu харесва всичко това. Освен това си пада по сладоледа. Виждайки ги да ядат сладолед всеки ден, го кара да иска да яде сладолед още повече.

Един ден, когато Бхолу видя съучениците си да ядат сладолед, той не можа да сдържи сълзите си. Изведнъж разбира, че е по-беден дори от Рачит. В действителност това не е така. Родителите на Бхолу имат много пари. Те живеят в голяма къща и имат всичко, което имат богатите. Bholu обаче понякога се чувства като беден човек.

„Болу няма собствени пари. Може да поиска от родителите си пари за добра кауза. Но за сладолед той няма пари. Случва се да мисли. „Как тези деца получават пари, за да купуват и ядат всичко, което искат? Той никога не получава оттовор на този въпрос.

Един ден Бхолу се опитал да говори с Шиванш, един от неговите съученици. Той й казва какво го притеснява. Шиванш му каза, че има собствени пари, наречени джобни. Бхолу дори не знаеше значението на джобните пари. Той смяташе, че джобните пари се отнасят до парите, държани в джоба. Но Шиванш оттоваря, че редовно получава пари от баща си, тоест джобни пари. Бхолу малко ревнува от Шиванш.

Онзи ден, когато Бхолу видя Рачит да яде сладолед, той също поиска да го изяде. Изведнъж една идея идва на ум на Bholu и той започва да се усмихва. Той реши, че каквото и да става, ще се наслади на вкуса на сладолед от същия продавач, който редовно стои пред портата на училището.

На следващия ден, след училище, Бхолу гордо отиде в магазина за сладолед и извади монета от двадесет рупии от джоба си. Приближавайки се до продавача на сладолед, той каза: „Братко, моля те, дай ми малко сладолед.“

„Какъв аромат бихте искали?“ пита магазинерът, гледайки Бхолу.

— Този бар с манго? Бхолу посочи с пръст една снимка на щанда. Сладоледаджията му даде манго бар. Бхолу се наслади на сладоледа си щастливо. След това Бхолу тихо изважда кърпичка от джоба си, избърсва устата и ръцете си и се качва удобно в училищния автобус.

Седейки в автобуса, Bholu усети вкуса и радостта от вкусния сладолед за известно време. След известно време радостта изчезна и се появи чувство за вина. Започна да си мисли, че чрез упоритостта си е постигнал желанието си да яде сладолед, както искаше. Но трябваше да открадне пари от чантата на майка си, за да го направи, и това го натъжи.

„Иска ми се да имам сладолед, без да крада от чантата на мама. Да, щеше да е справедливо. Днес направих нещо грешно за първи път. Затова не се чувствам добре. Кражбата не е хубаво нещо. Моят учител ми каза това. Дори тогава откраднах сума от двадесет рупии. Не трябваше да го правя." Бхолу остана в това чувство за вина дълго време.

Тогава Бхолу изпитва истинско разкаяние за лошите си действия. Решил, че в бъдеще никога няма да се занимава с такава осъдителна дейност, защото после ще съжалява. Ако иска да яде сладолед, ще се опита да убеди майка си и баща си, като настоява за своето. Веднага след като Бхолу взе това решение, той почувства дълбок вътрешен мир. Автобусът спря близо до дома му. Бхолу слезе и се отправи към къщата си с друга решимост: да каже на майка си, че е откраднала двайсет рупии от чантата й и да я помоли да му прости. Бхолу беше много доволен от решението си.

Подарък за рождения ден на **Bholu**

Бхолу открадна двайсет рупии от чантата на майка си. Така той задоволи горещото си желание да яде сладолед. Казват, че този, който се изгуби сутринта, не може да се счита за губещ, ако намери пътя си вечерта. Бхолу също изпитваше угризения, след като открадна двайсет рупии. Беше решил никога повече да не лети в бъдеще. Не се страхуваше много, че майка му ще му се скара, ако разбере, че липсват пари. Той реши да признае грешката си и да се извини на майка си, без да се притеснява от наказанието, което го очаква. От друга страна, майката на Бхолу не обръщаше много внимание на това у дома. Същата вечер, когато трябваше да направи дребни в чантата си, тя си помисли, че трябва да има малко монети. Хрумва му идея: защо да не попита Бхолу дали е взел пари за кауза. Бхолу вече мисли да разкаже всичко на майка си. Той го направи, без да губи време. Той призна грешката си и й каза, че е взел двадесет рупии от чантата си, за да си купи сладолед. Майката на Бхолу не му се скара. Но тя беше шокирана за известно време.

„О, скъпи! Трябва да сте ми казали за вашето желание. добави тя. Въпреки това тя е доволна, че синът й се извини за грешката си.

Тя каза на Бхолу: „Бхолу, не се страхувай да ми кажеш дали го искаш в бъдеще. Ако наистина имате нужда от него или искате да го имате, можете също да ме убедите да приема.

Тогава майката на Bholu и Bholu направиха сладолед у дома. Те се забавляваха заедно.

Но това не беше лесен подвиг за майката на Бхолу. Тя не можеше да го забрави лесно и не искаше да го забрави. Бхолу беше единственият му син. Тя не искаше да оставя пропуски в образованието си. Като всеки родител, тя не искаше нейният Бхолу да стане крадец. Тя потръпна от идеята. Корените на всяко неправомерно действие се установяват, когато бъдат пренебрегнати от самото начало, особено когато останат незабелязани. Тогава тя реши да каже на бащата на Бхолу за това.

Няколко дни по-късно рожденият ден на Бхолу наближаваше. Родителите на Бхолу планираха да му направят изненадващ подарък. Те знаеха, че синът им Бхолу е малко палав, но и интелигентен. Той също беше послушен. Когато му бяха представени предимствата и недостатъците на нещо, той можеше да разбере нещата такива, каквито са. Решиха да дадат на Bholu малко джобни пари за рождения му ден. Те му казаха: „Бхолу, отсега нататък ще получаваш малко джобни пари всеки месец, които можеш да харчиш разумно или да се научиш да спестяваш.“ Бхолу наистина оцени изненадващия подарък за рождения му ден.

Бхолу докосна краката на баща си и майка си и получи техните благословии. Той им благодари и за този специален подарък за рождения ден. След това Бхолу реши да стане оттоворно и разумно момче. Каквито и джобни пари да получаваше, повечето ги слагаше в касичката си. Винаги, когато имаше нужда от нещо, щеше да го направи разумно. Един ден, когато отвори касичката си, той с изненада видя, че е събрал толкова голяма сума. Беше много щастлив. Той каза на майка си за това и попита: „Мога ли да похарча спестяванията си?“

Майка му му позволи да похарчи парите. След това отиде на пазара, за да купи нови високоговорители за своя компютър.

Шивалик

Куклата и плюшеното мече

По пътя от Нанхе Гаон до Калпанагар има много голяма къща. Величието на сградата се вижда от пръв поглед. Nanhe Gaon Road е оживен главен път. Ако някога отидете там, звездните светлини на тази великолепна сграда ще привлекат вниманието ви още от алеята. Може да  почувствате, че Дивали наближава. Вътре в тази великолепна сграда живее щастливо четиричленно семейство. Хората, които живеят там са Шивалик, сестра му Рашми, майка му и баща му. Шивалик е малко момче на около шест години. Рашми, сестрата на Шивалик, е на около три години. Майката и бащата са на около тридесет години.

Шивалик и Рашми са братя и сестри. Шивалик отива на училище, а по-малката Рашми остава вкъщи. У дома тя прави и първите си стъпки в учителството. И двамата братя и сестри са много интелигентни и жизнени. Шивалик споделя всички интересни неща, които научава в училище, с всички у дома. Мама слуша и Рашми също. Мама учи малко Рашми. Рашми вече е научила много малки стихотворения и прекарва целия ден в рецитиране на тях, докато се разхожда из къщата. Освен това обича да твори и да прави бъркотия върху хартия с цветни моливи. Рисуване на линии, правене на бъркотия върху хартията. Тя наистина харесва тези дейности, които са пълни с пакости и забавления. Двете деца често играят заедно.

А, да, още не съм ви запознала с куклите от музея на куклите. Да започнем с екстериора. Къщата разполага с много стаи и голяма морава. В моравата има много растения. Вътре в къщата има голяма всекидневна с мебели, телевизор и два гардероба. Имат стъклени врати, може да ги наречем и витрини. Наричам ги музеят на куклите. и защо Има много играчки и декоративни елементи. Има малки коли, от най-старите до най-модерните. Има слонове, коне, войници и дори роботи. На всичкото отгоре има красиво плюшено мече Бхану и очарователна кукла Сара.

Когато някой влезе в стаята, плюшеното мече се усмихва и приветства всички. Куклата спи през цялото време и рядко отваря очи. Плюшеното мече и куклата в прозорците са поставени на стените, един срещу друг. Ето защо плюшеното мече винаги гледа куклата и я чака да се събуди. Така той се влюбил в куклата и започнал да я смята за своя. Понякога, когато Рашми извади куклата си от гардероба, за да си играе с нея, мечката наистина я харесва.

Днес Бхану е много тъжен. Когато Бхану се събужда, Сара все още спи. „Добре ли си? По цял ден спи все едно няма работа. Защо не се събужда навреме като мен? Дори когато се събуди, тя подремва или се оглежда. Понякога ме вижда по погрешка. А аз? Прекарах цял ден, гледайки го." Бхану седи и мисли през цялото време.

„И какво мога да направя? Когато няма друга работа. И беше облечена в гардероба в антрето. Сега как да затворя очи, когато тя е точно пред мен? Честно казано, искам да си играя с тази кукла. Тя прилича на моя собствена кукла. Може ли някой да ми каже какво да правя?" Бхану мисли. Бедното създание Бхану, жертва на съдбата, не може да направи нищо.

Един ден Бхану чу Шивалик да чете: „Изпълнете дълга си, не желаете резултата." Това го накара да се зачуди какъв е смисълът да седи и да мисли. Необходими са някои движения. Затова той се опита да помръдне малко и при този опит случайно събори играчките, които бяха наблизо. Роботът го гледа и колите започват да вдигат шум, за да го изплашат. След това той седи тихо, напълно спокоен.

После започна да си припомня спомените. Той си спомня деня, когато Шивалик посети голямата изложбена зала, където Бхану беше отседнал по-рано. Когато го видя, беше много ентусиазиран? Тогава той настоя да купи плюшеното мече, което бях аз. Облян в сълзи, той седна на пода на тази изложбена зала. На този ден Бхану за първи път осъзна красотата си.

„И защо не? Умни деца като Шивалик не се вълнуват без причина. Трябва да има нещо специално в мен." Мислейки това, Бхану се почувства горд и се опита да се помръдне, опитвайки се да падне в скута на Шивалик. Преди да направи това, една ръка се приближи до Бхану, за да го повдигне. Може би това беше ръката на търговеца. След известно време той вече не вижда нищо. Може би вече беше стегнал багажа си. В един момент се уплаши. Мислеше, че е мъртъв. Беше чувал, че когато хората умират, това е краят на света. Освен това знаеше, че всеки трябва да умре веднъж в живота си. След това затваря очи и се моли на Бог това да не е така. Когато отвори очи, се озова в нова къща. Беше като нов ден за него.

„О, какво е това? Това ново място ли е, на което съм дошъл?" Чудеше се, когато видя Шивалик да стои пред него. След време разбра, че това е къща на тези хора. „Бог чу молитвата ми. Ще остана тук с тези очарователни деца. Беше просто магазин, не къща. Имаше и много хора." Майката на Шивалик го беше купила от магазинера за Шивалик. Като си помисли това, Бхану започна да се чуди.

Дългият нос на Бхану

„Днес имаше голяма суматоха в къщата от рано сутринта. какво се случва Навсякъде цари атмосфера на веселие. Искам бързо да разбера какво става. Бхану седеше пред прозореца на Сара, потънал в мисли. И какво друго можеше да направи тази пълничка мечка? Изглежда твърде многото мислене му се е превърнало в навик.

Точно до него имаше робот. Бхану понякога се чувстваше така, сякаш е започнал да мисли като роботизиран ум в компанията на този робот. Той си спомня деня, когато Шивалик го донесе в тази къща в затворена кутия. По това време той не беше дълбок мислител.

Но той не обича да мисли твърде много и особено не за безполезни неща. Предпочита да играе и да говори.

Днес тези два проблема постепенно са навлезли в живота му. Разбира се! с кого да играя и да говоря...? Всички тези играчки са много арогантни. Този робот, кой знае какво мисли за себе си? Този войник и тези малки коли! Всеки се смята за истински. Те мислят така, сякаш роботът върши истинска работа, войникът води истинска битка, а колите се движат по реални пътища. Понякога, когато говорят, има неприятна миризма. Тяхното снизходително отношение мирише на арогантност. И горкият Бхану...! Беше толкова невинен, като невинна кукла, без измама, без екстравагантност. И знае, че не е по-малко от другите. Ето защо той се стреми да забрави всички лоши постъпки на всички за кратко време. Защо да помним? Изглежда, че е доста скучно. В крайна сметка единствената му подкрепа е Сара. Той продължава да я гледа. Точно пред него в един прозорец е поставена красива кукла. Понякога изглежда, че спи, а понякога изглежда, че се усмихва. Понякога Бхану се обърква и има чувството, че се изчервява, като го гледа отново и отново.

Понякога Бхану чувства, че се влюбва в Сара. След това той се чуди дали Сара също го обича или не. Заслужава ли си да се замислим? Съвсем очевидно е, че когато са заедно по цял ден, между тях трябва да има любов. И някой трябва да е луд, ако след като си прекарал цял ден с някого, не изпитваш никаква любов към него. Много е трудно да се дефинира любовта или да се обясни. Когато мислим върху тези въпроси, изглежда, че няма ясен оттовор.

Тогава Бхану започва да чака и да се моли: „О, Сара! Скоро се събуждаш. Така че можем да играем заедно.”

Тя най-накрая се събуди. Тя е свикнала да става късно сутрин. Тъй като е кукла, сигурно й е писнало да седи по цял ден. Напротив, Бхану е много активен човек. Може да е малко пълничък, но се движи малко и се опитва да усети вибрациите около себе си, за да разбере какво става наблизо. Кой влиза в къщата? Какво се готви в кухнята? И много повече. Тази сутрин той чу, че децата много се радват да тръгнат на училище. Рашми също придружи майка си до училището на брат си. Сега е обяд. От миризмата на вкусна храна му се сълзи устата. Бхану смята, че ако беше човек, той също щеше да се наслаждава на голямо разнообразие от ястия. Но играчките са си просто играчки. Те не могат да опитат вкусната храна. Те могат само да чувстват. Те също се чувстват добре, когато видят децата да се наслаждават на вкусната храна.

„Сара! Сара! Чуй ме!" — прошепна Бхану. Гласът не беше твърде силен, за да го достигне, но той имаше впечатлението, че тя е чула гласа му. Сара го погледна и се усмихна.

„Сара! Сара! слушай Знаете ли защо днес има толкова суматоха у дома? Вижте, в кухнята се приготвят вкусни ястия. Искате ли да ги опитате?" Бхану нямаше търпение да чуе нещо от него.

Сара отговори ли? Тя също беше просто кукла, красива малка кукла. Тя не казва да или не. Тя бавно обръща глава и поглежда на другата страна. Бхану имаше чувството, че тя му казва: „Давай и яж. Няма да ям".

Рожден ден на Рашми

17 часа е. Вкъщи започнаха безредици. Всъщност майката направи много приготовления за празнуването на рождения ден на Рашми през деня. Рожденият ден на Рашми пада през месец юни. Тъй като тези дни е горещо, мама организира купона на поляната у дома. Защо да използвате климатик през цялото време, ако имате свободен и естествен въздух около вас. И планът проработи. Цялата поляна беше украсена с цветни светлини, ленти и балони. Отторе имаше бяла лунна светлина в небето. За разлика от тях земята беше покрита с тучна зелена трева. Около поляната имаше растения с цветя и дори те бяха украсени с декоративни лампички. Там беше поставена сцена. От едната страна на моравата са поставени маси за вечеря. Там също бяха подредени места за гости и всичко беше красиво украсено.

Вече е почти шест часа. Пристигането на гостите започна. В нашата индийска култура се очаква рождените дни да се празнуват чрез поклонение, молитва и ритуали като Хаван и Яджна. Въпреки това, за щастието на малките деца, индийците понякога променят формата на празненствата. В тази връзка те въвеждат чувството за глобално братство във всички свои дейности. Колко чудесно би било, ако всички нации по света, независимо от каста или религия, прегърнаха с отворени сърца всички положителни аспекти един на друг и никога не се колебаеха да се отърват от отрицателните аспекти, независимо дали става въпрос за личен ред или по друг начин. Честно казано, приемането на промяната е закон на природата. Кога и колко зависи от личната преценка на всеки.

Хората в къщата се движеха. Шивалик отишъл в къщата на своя приятел Рахул и като го взел със себе си, извикал всички останали деца в квартала. Всички деца вече се подготвят. Те бързо се присъединяват към Шивалик и Рахул. Пинки, Рада и Бхауна пристигнаха. Голу също присъства.

Къщата на чичото на Шивалик също е в същия град, малко по-далеч. Те също се виждат да идват да присъстват на церемонията. Рашми носи красива розова рокля с бели волани, подходящи обувки, чорапи и шапка. Тя е толкова красива, като фея от небето.

Всички гости са пристигнали. Майката и бащата на Рашми сърдечно посрещнаха гостите. Започнаха да сервират напитки на всички. В този момент водещият направи съобщение, което всички чуха. Публиката се събра край сцената. Там трябваше да се играят различни игри. Някои игри бяха предназначени за малки деца, други за по-големи деца. Победителите получиха и награди. Имаше и музика и танци. Водещата покани всички на разрязването на тортата. Малката фея Рашми разряза плодовата торта, украсена със свещи. Мама, татко и всички гости засипаха с цветя рожденика. Децата горещо ръкопляскат. Така церемонията по разрязването на тортата премина успешно.

След това всички гости бяха сърдечно поканени на вечеря. Всички си прекараха страхотно. Докато благославяха децата, те се сбогуваха с родителите на Шивалик и Рашми. Родителите също се сбогуваха почтително с всички, като в замяна им раздадоха подаръци.

Да видим какво става вътре в стаята. Нашите скъпи кукли, Бхану и Сара, не успяха да се присъединят към празнуването на рождения ден на живо на поляната. Те обаче се наслаждават на музиката и песните отвътре. Днес те с нетърпение очакват пристигането на членовете на техните семейства, за да се присъединят отново към тях.

И сега моментите им на нетърпение приключиха.

Часът е девет вечерта. След като се сбогуват с гостите, мама и татко се заемат с домакинската работа. Шивалик и Рашми седят и наблюдават подаръците, донесени от техните приятели.

А Бхану...? какво прави той Изглежда, че той прави жест към Сара, сякаш я пита какъв подарък иска от него.

Лятна почивка

Днес е петият ден на юни. Отбелязва се като Световен ден на околната среда. Утрото изглежда толкова красиво. Вчера Рашми имаше рожден ден. Снощи всички в семейството бяха уморени и спаха до късно. Шивалик не заспа до много късно. До сутринта се събужда. Не може да заспи от изключителната радост, която изпитва. Хубавото на младите хора е, че са ентусиазирани за живота. Те са щастливи, просто защото са. Те не се нуждаят от конкретна причина, за да намерят щастие. Щастието е неразделна част от тяхната природа и личност. Всъщност ние, така наречените възрастни, можем да научим много от тях, ако егото ни не е наранено.

Тогава целият свят може да се превърне в място за пикник, където животът е хубав.

Шивалик се събужда в шест сутринта. Когато мама го видя, тя беше много изненадана и започна да пита: „Тарун! Толкова рано ли се събуди? Какво е?“ Тарун е прякорът на Шивалик.

„Мамо! Винаги казваш, че всички деца трябва да се събуждат рано сутрин“, каза Шивалик невинно.

„Мамо! Тази сутрин ще отида да играя с приятелите си в близкия парк - каза той нетърпеливо, гледайки майка си.

„Разбира се, давай. много се радвам кои са твоите приятели Бъдете в безопасност и играйте добре. Аз също ще дойда в рамките на следващия час. Скъпи мой син", каза мама, изразявайки любовта си към Шивалик.

Тарун взе бухалката си за крикет и се втурна навън. Докато си тръгваше, ми каза, че заминава с Рахул. Бяха се съгласили на всички условия, поставени от мама, за да играят навън. След като Тарун си тръгна, мама се зае с кухненските задължения. Тя трябва да направи закуската на татко и да опакова обяда му за офиса. През това време татко си взема душ в банята.

И нека да видим какво правят Бхану и Сара на тяхното парти за кукли. Бхану седи на рафта си и подскача от вълнение. Той иска да излезе и да играе с Шивалик в парка. Сара седи със затворени очи. Предпочита да спи.

„Не знам защо тази кукла спи толкова много. Иска ми се да я попитам дали не иска да играем?" Бхану поглежда към Сара, след което извръща лицето си. Той потъна в мислите си и започна да си представя, че не е кукла, а малко момче като Шивалик и че Сара е малко момиченце. И двамата са част от групата деца на Шивалик в парка, играещи с топка. Потънал в мисли, той почувства, че е пристигнал на местоназначението си и започва да се наслаждава на играта.

Колко красив е светът на въображението! Всичко изглежда вярно въпреки липсата на каквато и да е реалност. За няколко мига човек получава достъп до този свят и изпитва мимолетната радост от живота, която той или тя може никога да не изпита истински в реалността.

След известно време, когато закуската е готова, татко взема закуската си, кутията си за обяд и тръгва към офиса. Офисът на бащата на Шивалик е на десетина километра от къщата. Мама се готви да отиде в парка. Тя нежно се обажда на Рашми, когото нежно нарича Доли, за да я събуди. Доли бързо се събуди, когато чу, че отиват в парка. Мама заключва къщата и оставя Бхану и

Сара в техния малък свят, отправяйки се към парка. Паркът е на пет минути пеша от къщата. Когато пристигнали там, видели деца, които играели крикет с голям ентусиазъм. Доли започна да се люлее на люлката, защото още не беше достатъчно голяма, за да играе с по-големи деца.

Бхану беше потопен в собствения си свят. Не е виждал външния свят в реалността, но го е виждал от време на време по телевизията. По стечение на обстоятелствата в хола на къщата на Шивалик-Рашми имаше и смарт телевизор. Когато член на семейството седеше там, той включваше телевизора от време на време. Бхану го намираше за много приятно и често гледаше телевизия с интерес. Така той никога не се отегчаваше. Понякога гледаше мачове по крикет, а друг път слушаше песни. Bhanu много харесва, когато децата танцуват на песни. В този момент той искаше да се присъедини към танца със Сара. Понякога Бхану има късмет, когато другите забравят да изключат телевизора и отиват в друга стая. След това гледаше телевизия като крал и разширяваше знанията си.

Както и да е, Бхану и Сара имат своя собствена съдба. Но също така е вярно, че куклите трябва да бъдат активни, точно като хората. Дори да не е в този живот, плодовете на действията рано или късно се получават. Имайки това предвид, трябва да продължим да работим в правилната посока.

Компютърни курсове за майки

Лятна ваканция е. Всички в къщата са много щастливи. Децата са възхитени, а мама също много щастлива. Нашето куклено парти също. Всяка сутрин мама и децата отиват в парка. Мама нежно бута Рашми на люлката и Тарун си играе с децата. Мама също прави малка разходка в парка. Осигурени са развлечения през целия ден, включително игри на закрито като carrom, ludo, змии и шах, както и компютърни игри. Майката приготвя здравословни закуски за децата. През целия ден Бхану и Сара понякога говорят помежду си чрез жестове. Освен това Бхану учи на нови трикове децата и играчката робот. Понякога децата изваждат всичките си играчки от рафта и си играят с тях. Атмосферата е на радост.

Мама също иска да направи нещо ново. Тя смята, че след като е вършила домакинска работа цял ден, може да се отдаде на творческа работа, за да поддържа креативността си жива. Тя подготвя този проект от няколко дни, ту мисли за едното, ту за другото. Накрая тя взема решение. Тя реши да започне да преподава онлайн. След избухването на някои заразни болести тенденцията да се ходи на училище и да се вземат частни уроци офлайн е намаляла значително. Нуждата от образование обаче не може да бъде отречена по всяко време. Ето защо повечето деца са започнали да проявяват интерес към онлайн обучението. Това не само позволява на родителите да не се тревожат за безопасността на децата си, но и на учителите (настойниците). Мама има добри познания по компютри. Тя го изучаваше много.

И сега какво прави мама? Тя търси в Google много сайтове за уроци и ги изучава. Има сайтове, които поддържат както ученици, така и учители. Мама се регистрира като учител под името Прабха Гупта в един от тези сайтове. Тя определя графика си и решава кога и в кои часове ще преподава информатика. За да направи това, тя направи всички необходими уредби, като нейния стол за маса, лаптоп, Wi-Fi и т.н. Именно с тази мисъл тя стартира новия си проект.

Това създаде много добра учебна среда у дома. Когато мама учи, децата също пишат домашните. Трудни теми, които не могат да се изучават без нечия помощ, те четат с майка си. Те самостоятелно решават прости и интересни задачи като четене, рисуване и математика. Шивалик понякога се сблъсква с проблеми, но е изобретателен. Той търси решения на проблемите си в Google. Освен това помага малко и на сестра си Рашми. Въпреки че Рашми е само на четири години, тя понякога обича да разглежда книги и дори написва няколко букви от азбуката. Освен това рисува линии с цветни моливи. А когато не е в настроение, оставя всичко и сяда. Щом компютърният час на мама свърши, децата танцуват много и се чувстват щастливи.

А очарователното плюшено мече Бхану си помисли: „Иска ми се този малък робот да стане мой приятел. Нека опитам. Ще науча и някои готини нови математически трикове. Така че никога няма да ми омръзне. Вижте, тези деца се забавляват много, решавайки математически задачи.

А Сара...? „Не знам. Какво е намерението на Бхану? Мисля, че иска да стане момче вместо плюшено мече. Това си помисли куклата Сара.

Шивалик като магьосник

В летните жеги, под лазурното небе,

Ако пред нас е питейно заведение.

Сладоледът, колата и студеното кафе са божествени.

Но извинете за студената кашлица, бъдете любезни.

По средата на тази забавна лятна ваканция дните минаваха един след друг, като влак, който набира скорост. Точно както вече не знаем кога експресният влак пристига на гарата и тръгва в миг на око, трудно е да определим къде изчезват празниците. Юни е към края си и се очаква детските училища да отворят отново през юли. Мама разбра, че има още много подготовка. След края на пандемията училищата може да не отворят врати през първата седмица на юли. Нека училищата отворят по всяко време, но трябва да се направи подготовка за децата и родителите. Всички задачи - униформи, домашни, проекти и кой знае какво още?

„О, какво е това? Съвсем бях забравил. Това ме удари, когато говорих с майката на Рахул по телефона. Мама седеше и мисли следобед. В училището на Шивалик всяка година през август се организира конкурс за костюми за най-малките по случай Джанмащами.

„Взех твърдо решение децата ми да участват в тази програма. Мога ли да включа Рашми следващата година, но този път е важно да се включи Шивалик. Защото следващата година неговата възрастова група ще се промени.

„Всяка година всички родители са сърдечно поканени в училището за фестивала Джанмаштами. Всеки път, когато мама отиде на шоуто, тя беше очарована от децата в различни костюми. Тя също така мислеше да внесе страхотна и изцяло нова идея, която никога не е минавала през ума на никого, и да подготви сина си Шивалик за тази роля.

„Има много идеи, но повечето от тях са правени много пъти преди. Някои деца стават вестници, други стават дървета. Някои се държат като зеленчуци, като бамя или червени домати, докато други стават пълни, кръгли патладжани. Някои деца дори стават богове - някои Ганеша, други Шива или дори малкият Кришна. Какво може да направи детето? Майките са тези, които идват с тези идеи. Но едно е сигурно, да станеш бог е най-голямото предизвикателство. Само като го гледам ме изумява." Мама се притесни, когато се сети за това. Тогава тя помисли за Бог и заспа няколко минути по-късно. След малко тя се събуди и вече беше вечер. Време е за домакинска работа.

С тази мисъл настъпи нощта. Бхану си помисли, че мама изглежда малко разстроена. Не знам защо. Той също започна да се моли: „О, Боже! Моля, решете проблема му.“

На следващата сутрин, след като се погрижи за всички домакински задължения и направи закуска, мама си каза: „Хайде да намерим добра книга за четене.“ Стъпките й я отведоха до рафта. След известно време тя намери решението в ръцете си. Да, тя беше намерила книга на рафта, наречена „101 магически трика“ и тогава си каза: защо Шивалик да не играе фокусника за състезанието по костюми? Каква фантастична идея, която тя каза, че е напълно нова. Когато започна да прелиства книгата, тя се съсредоточи върху намирането на лесни магически трикове, които шестодишният Шивалик може да научи и да изпълнява успешно на сцената.

Казват, че където има желание, има и начин. Когато човек е напълно инвестиран в дадена посока, дори божественото го подкрепя. Мама намери три лесни магически трика и ги научи сама, следвайки инструкциите в книгата. След това тя научи на тези трикове малкия Шивалик. Шивалик започна да се интересува от това и мама си помисли, че след няколко дни той ще може успешно да изпълнява тези магически трикове на сцената. След това, с помощта на майката на Рахул, те също подготвиха красива рокля за магьосника. Шапката, палтото, панталоните и обувките на магьосника — завършват грима на Чарли Чаплин. Целият план е готов в ума му. Всеки път, когато Шивалик правеше магически трикове, Бхану и Сара кимаха одобрително. Най-после настъпи денят на повторното отваряне на училището. Един ден, когато беше организиран конкурсът за костюми, Шивалик участва в него. Той тренира усърдно и работата му се отплати. Когато изпълнява магическите си номера на сцената, публиката е изумена. Всички бяха изумени, когато видяха, че едно малко дете може да изпълнява магически трикове с толкова много умения. Бурните аплодисменти на публиката засилиха ентусиазма на децата.

Шивалик спечели втора награда в конкурса. Когато Шивалик се върна у дома, той постави наградата на рафта си, близо до Сара. Бхану и Сара погледнаха нежно наградата, после Шивалик и после един друг, кимайки одобрително. Всички в къщата бяха много щастливи.

Наоколо се чува тиха нотка на флейта на Кришна.

* * *

За автора

Гита Растоги „Гитанджали" е родена на 26 юли 1968 г. в Индия. Родителите му, г-н Харичанд Гупта и г-жа Рамурти Деви, са от област Газиабад (Индия). Освен автор, тя е учител по природни науки, специализирала е химия. Тази книга „Цветната дъга на Бхолу" първоначално е написана и публикувана на хинди и по-късно е преведена на английски, италиански, френски, испански, тайландски, немски и филипински. Тя публикува друг роман на хинди, озаглавен „Kanak Kanak te sau guni". Освен това обича да пише стихове, разкази и полезни статии за списания и вестници.